I0650069

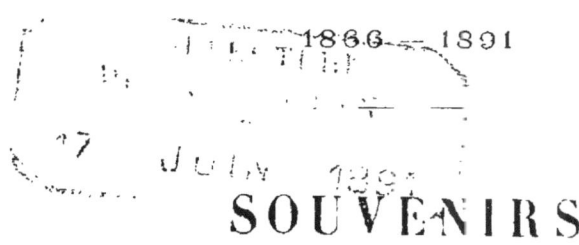

SOUVENIRS

DU

PÈLERINAGE

DE SAINTE-ANNE

EXTRAITS DES ŒUVRES DE

MONSEIGNEUR BÉCEL

VANNES

IMPRIMERIE GALLES, RUE DE L'HOTEL-DE-VILLE

1891

SOUVENIRS

DU

PÈLERINAGE

DE SAINTE-ANNE

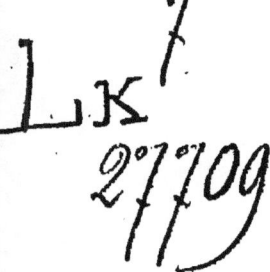

1866 — 1891

SOUVENIRS

DU

PÈLERINAGE

DE SAINTE-ANNE

EXTRAITS DES ŒUVRES DE

MONSEIGNEUR BÉCEL

VANNES

IMPRIMERIE GALLES, RUE DE L'HOTEL-DE-VILLE

1891

HOMMAGE A SAINTE ANNE

Non loin de l'Océan, brille dans la campagne,
Le temple de granit bâti par la Bretagne,
Où l'Aïeule du Christ bénit ses pèlerins.
On y voit arriver des soldats, des marins.
Ils marchent à grands pas, les yeux remplis de larmes,
Au triste souvenir de mille et mille alarmes.
S'ils ont fait reculer les plus fiers ennemis,
C'est qu'ils avaient au cœur la foi de leur pays.
Qu'ils sont beaux, à genoux devant la sainte Image !
L'amour les a conduits à ce pèlerinage...
Sainte Anne protégea ses valeureux enfants,
Intrépides guerriers, vaincus ou triomphants,
Aujourd'hui confondus au milieu de la foule,
Qui grossit sans tumulte et lentement s'écoule,
Après avoir prié. Quel spectacle émouvant !
La piété bretonne en jouit bien souvent,
Surtout à ses Pardons... Mais chaque jour amène
En ce lieu renommé quelque pauvre âme en peine ;
Elle y soupire à l'aise avec grande ferveur,
Espérant obtenir une insigne faveur.

PUISSANTE ET DOUCE PROTECTRICE,

Pourrais-je oublier que j'eus le bonheur d'être élevé à l'ombre du vieux sanctuaire où tant de générations vinrent vous rendre leurs hommages et vous exposer leurs besoins? J'étais destiné à vous témoigner ma piété filiale et ma trop juste reconnaissance, en présidant à la construction de la Basilique qui redira aux âges à venir votre bonté et notre amour.

C'est au pied de votre image bénie que je célébrerai bientôt, s'il plaît à Dieu, le vingt-cinquième anniversaire de ma consécration épiscopale, faite, sous les auspices de votre Fille immaculée, dans l'église de Notre-Dame des Victoires, à Paris, le 25 Juillet 1866.

Ai-je eu tort de penser que l'occasion était favorable pour rappeler à mes chers diocésains et à tous les pèlerins qui vont solliciter avec confiance votre protection et vous remercier de vos bienfaits, ce que j'ai publié de plus important, au cours de mon épiscopat, pour rehausser votre gloire?

Cet *ex-voto* d'un nouveau genre sera, du moins, le faible gage de ma bonne volonté. Puisse-t-il être favorablement accueilli de vos pieux serviteurs et rendre plus ardente encore, s'il est possible, leur dévotion! Il ne me semble pas inutile de rapprocher ainsi les Lettres et les Discours que vous m'avez inspirés. Ils contribueront peut-être à perpétuer le souvenir de ce que j'ai entrepris, sous votre patronage, pour propager le culte de la meilleure des Mères après la Bienheureuse Vierge Marie.

O sainte Anne, ô Marie, nos cœurs sont à vous. Réglez-en tous les mouvements. Qu'ils ne battent que pour les nobles causes! Placez-les si haut, gardez-les si bien, qu'ils soient préservés, à la vie et à la mort, de toute souillure!

22 Juin 1891 — vingt-cinquième anniversaire de ma
Préconisation.

LETTRES

MESSIEURS ET CHERS COOPÉRATEURS,

Bénissons la Providence ! Après m'avoir préparé, par la bienveillante entremise du Clergé et
des religieuses populations de ce cher diocèse,
l'accueil le plus touchant, elle favorise, sans plus
tarder, les pieuses intentions que j'aimais à vous
faire pressentir, en ces termes, dans ma première Lettre pastorale :

« Que ne devons-nous pas attendre de la pro-
« tection des saints Patrons que nous avons au
» ciel : notre bonne Mère sainte Anne, les bien-
» heureux apôtres Pierre et Paul, saint Patern,

» saint Mériadec, saint Salomon, saint Gildas,
» saint Vincent Ferrier et tant d'autres !...

« En retour de leur intercession, Nous espérons
» pouvoir donner à leur culte, toujours en hon-
» neur, une pompe inaccoutumée. *Le Seigneur*
» *garde leurs os* (1) : heureux dépositaires d'aussi
» précieuses reliques, nous les aurons en plus
» grande vénération. »

Bien d'autres projets, que je considère comme
autant de devoirs à remplir, me préoccupent et
m'intéressent. Vous m'aurez compris à demi-
mot : *Intelligenti pauca !* Dieu veuille que les
circonstances me permettent de pourvoir, en
temps et lieu, à vos nécessités et de toujours
répondre à vos légitimes espérances ! Je saisis,
avec empressement et bonheur, l'occasion qui
m'est offerte dès aujourd'hui de me faire l'interprète de vos désirs et de vos sentiments.

Depuis quelques mois, un temple, plus digne
du Dieu que nous adorons et de la puissante
Patronne de la Bretagne, s'élève, trop lentement,
hélas ! en l'honneur de sainte Anne, d'après les
plans d'un habile architecte plusieurs fois victorieux dans des concours importants. Après
avoir mérité les suffrages de la commission
nommée, à cet effet, par mon prédécesseur, il

(1) Ps. XXXIII, 21.

veut que les pierres et tous les matériaux dont il peut disposer s'harmonisent avec notre foi, vive, inébranlable, toujours ancienne et toujours nouvelle. Nous voulons tous que ce monument atteste aux siècles à venir qu'il avait le cœur reconnaissant et généreux, le peuple qui en posait les fondements dans les entrailles de cette terre bénie, foulée par tant de générations, qui entendit bien des soupirs, qui vit couler de douces et brûlantes larmes, qui fut arrosée du sang de glorieux martyrs, fidèles à leur Dieu et à leurs princes, heureux dans leur malheur de signer ainsi notre immortelle devise : *Potius mori quam fœdari !* Que si leurs lèvres mourantes furent impuissantes à jeter aux échos d'alentour ce cri d'honneur et de triomphe, leurs regards attristés et inquiets du sort de leur patrie en deuil se tournèrent peut-être vers l'antique chapelle où ils avaient demandé le courage du dévouement et l'héroïsme du sacrifice..... Et leur âme, prenant son essor vers le ciel, disait avec confiance : *Sainte Anne, Auxiliatrice de tous ceux qui ont recours à vous, intercédez pour nous et sauvez notre pays !*

Vous savez, Messieurs et chers Coopérateurs, à qui revient l'honneur et le mérite de l'œuvre réparatrice que j'ai à cœur de mener à bonne fin, avec la grâce de Dieu et le concours de toutes les âmes de bonne volonté auxquelles j'oserai tendre la main. Les deux vénérables et bien aimés prélats qui m'ont précédé immédiatement et trop rapidement sur le siège de Vannes, ont préparé à ma piété filiale cette entreprise, qui témoigne hautement de leur sollicitude et de leurs desseins. Ce n'est pas la part la moins chère du riche héritage qu'ils m'ont laissé. Fort de leur bénédiction paternelle, je ferai après eux ce pèlerinage par la voie qu'ils m'ont ouverte. Elle a ses difficultés et ses gloires. Déjà plus d'un obstacle a été écarté. Mille contradictions, contremarques habituelles des œuvres de Dieu, devaient s'élever à la hauteur où elles pouvaient prétendre. Réduites par la dignité du silence à leur plus simple expression, elles auront eu leur efficacité négative.

Quoi qu'il en soit, j'aurai bientôt, s'il plaît à Dieu, la consolation et la joie de convier au pied de l'autel transformé de notre bonne Mère sainte Anne de vénérés Pontifes qui lui ont voué un culte de prédilection. Ils daigneront répondre à ma voix fraternelle, nous apporter leurs saintes bénédictions, en retour des grâces que leurs chers et heureux diocésains sont venus chercher chez nous de temps immémorial. En ce beau jour de fête pour la Bretagne entière, les pasteurs et les troupeaux accourront à l'envi, avec attendrissement, vers ce lieu fertile en miracles. Ce sera l'inauguration solennelle de l'ère nouvelle de ce pèlerinage renommé, qui témoignera de la foi de nos pères aussi bien que des sentiments religieux de leurs fils. Les âmes en peine, les cœurs reconnaissants, les esprits inquiets, les volontés chancelantes, les consciences troublées, qui se disputent aujourd'hui l'entrée trop étroite du vieux sanctuaire, qui gémissent de sa pauvreté, de sa nudité, se réjouiront de cette transfiguration si longtemps désirée et demandée. Gloire et bonheur à ceux qui auront offert leur obole à *l'Aïeule de Jésus-Christ, à la Mère de Marie !*

Un jour peut-être, d'augustes pèlerins qui déposèrent humblement aux pieds de sainte Anne, avec les gages sensibles de leur religieuse munificence, des vœux secrets et d'intimes espérances, reviendront se prosterner avec la même piété et la même générosité devant l'image bénie de *la Consolation des personnes mariées.* (1). Et la noble Souveraine, heureuse et fière de présenter le jeune Prince, son fils, à Celle qui se montre le soutien de l'État *et le rempart de l'Église* (2), emportera dans son tendre cœur d'épouse et de mère chrétienne l'espoir mieux fondé du bonheur de son peuple, de la gloire de son nom, du triomphe de la justice et de la vérité.

(1) Litanies de Sainte Anne. — (2) Litanies de Sainte Anne.

En attendant l'heure tant désirée de la commune allégresse que nous inspirera le succès de notre entreprise, à la fois nationale et chrétienne, Nous devions penser que, *si le Seigneur ne bâtit une maison, c'est en vain que travaillent ceux qui la bâtissent* (1).

En conséquence, Messieurs et chers Coopérateurs, vous vous préoccupiez, je n'en doute pas, de la première cérémonie à laquelle je m'empresse de vous inviter. Vous aimerez à répondre à mon appel, comme je me suis fait un devoir de solliciter de notre vénérable Métropolitain la faveur à laquelle il a bien voulu souscrire. Sa Grandeur officiera donc à Sainte-Anne le 4 septembre, et bénira la première pierre de la nouvelle église. Qu'il lui plaise d'agréer d'avance notre sincère gratitude ! L'honneur de cette bénédiction revenait, à plusieurs titres, à Monseigneur l'Archevêque de Rennes. Nous partagerons le bonheur de sa présence. Prêtres et Fidèles se complairont à lui rendre de justes hommages, à prier avec lui, à recevoir sa bénédiction, à écouter ses encouragements paternels. Cette approbation solennelle nous donnera, s'il est possible, une nouvelle ardeur. Nos cœurs se dilateront. Chacun se dira, comme le royal prophète : *Qu'elle est bonne, qu'elle*

(1) Ps. CXXVI, 1.

est agréable, *qu'elle est suave cette cohabitation fraternelle !* Nous n'aurons qu'une voix, qu'un cœur et qu'une âme pour appeler de tous nos vœux l'aurore du jour trois fois béni où la statue monumentale de sainte Anne, couronnant l'édifice achevé, semblera dire au pèlerin ému : Approchez, mon fils. Voici votre Mère. C'est ici que le Dieu tout puissant, *dont le bras n'est point raccourci,* fait éclater sa gloire pour le salut de ses enfants.

II. — ANNONCE DU COURONNEMENT DE LA STATUE MIRACULEUSE

Vannes, le 25 juillet 1868.

I

MES TRÈS CHERS FRÈRES,

Je me fais un devoir, bien doux à remplir, de vous communiquer la *Lettre pastorale* que Monseigneur l'Archevêque de Rennes vient d'adresser à ses diocésains, en faveur de l'*Œuvre de sainte Anne*. Il me semble que c'est le meilleur moyen d'exprimer à notre vénérable Métropolitain ma juste et profonde gratitude.

Vous partagerez mes sentiments. Chacun attachera le plus grand prix à ce nouveau témoignage d'une bienveillance toute paternelle.

Il vous tarde d'entendre l'illustre Prélat plaider nos intérêts. J'écoute avec vous.

NOS TRÈS CHERS FRÈRES,

De toutes les dévotions en honneur dans notre pieux pays, il n'en est point qui le soit davantage

que la dévotion à la bienheureuse sainte Anne.
La Bretagne la regarde comme sa Patronne et sa
Mère, et a pour elle les sentiments de respect et
d'amour auxquels ces titres lui donnent un droit
si doux, témoin le culte tout particulier qu'on lui
rend dans son sanctuaire privilégié, situé au diocèse de Vannes, près de la ville d'Auray, et dans
lequel des milliers de pèlerins viennent presque
continuellement lui offrir leurs vœux et leurs
hommages. Or, c'est précisément ce sanctuaire
que nous venons, Nos très chers Frères, recommander à vos pieuses libéralités. Depuis longtemps, en effet, la piété des fidèles le trouvait peu
digne de la glorieuse Sainte dont il abritait l'image
miraculeuse, et l'idée d'une reconstruction nouvelle, plus en rapport avec la foi de la Bretagne
et la dignité suréminente de sa Patronne, était
dans tous les cœurs.

Le vénérable Évêque de Vannes a entrepris de
réaliser ce désir, et déjà, par la libéralité de ses
diocésains, le remarquable édifice qui doit être
consacré à honorer l'auguste Mère de la très sainte
Vierge, a presque atteint les deux tiers de la
construction totale.

Mais le diocèse de Vannes ne peut suffire seul
à une dépense si considérable, et d'ailleurs sainte
Anne n'est pas seulement la Patronne des Van-
netais, mais également la nôtre et celle de la

Bretagne entière. C'est donc également pour nous, Nos très chers Frères, une obligation de cœur d'aider de nos aumônes une si noble entreprise, et d'offrir à sainte Anne, chacun selon la mesure de ses moyens, le pieux tribut de nos respects et de notre amour filial.

C'est à cette intention que Nous voulons que, le Dimanche 26 Juillet, jour de la solennité de sainte Anne, une quête générale soit faite dans toutes les églises et chapelles de Notre diocèse, à tous les offices et à toutes les messes, à l'intention de la construction de la nouvelle église de Sainte-Anne d'Auray, et Nous espérons que le produit de cette quête sera digne de la dévotion spéciale qui vous distingua toujours à l'égard de la grande Sainte qui en est l'objet béni, et à la bonté de laquelle vous avez si souvent recours dans vos nécessités et vos douleurs.

Et sera la présente Lettre pastorale lue au prône de la grand'messe, dans toutes les églises, le dimanche 19 juillet, qui précédera la fête de sainte Anne.

Rennes, le 1er juillet de l'an de grâce 1868.

† G., *Archevêque de Rennes.*

II

Ces accents d'une piété vraiment filiale envers notre bonne Mère sainte Anne feront battre le cœur de tous ses enfants. La Bretagne entière y applaudira particulièrement. Il est naturel que nous en restions émus et reconnaissants plus que personne.

Qui pourrait douter encore du succès de cette œuvre à la fois religieuse et patriotique? Elle paraissait au-dessus de nos forces. De nobles sympathies lui étaient refusées. Aujourd'hui, tout le monde se rassure, approuve, se réjouit, en apportant sa pierre à l'édifice, qui prend déjà des proportions sévères et majestueuses.

Dieu soit loué, Nos très chers Frères! Votre foi proverbiale a transporté des montagnes de difficultés. Vous avez montré ce que l'on peut attendre de cœurs sincères, d'esprits droits, de caractères fermes et résolus.

Votre Évêque vous bénit et vous félicite. Il demeure attendri, sans étonnement, de ce que vous avez entrepris avec un élan prodigieux. Le beau monument que vous élevez à la Patronne de notre pays, rappelle avantageusement ce que faisaient nos pères.

A leur exemple, vous ne calculez pas d'après vos ressources immédiates, mais en raison directe du dévouement qui vous anime. Courage et persévérance! Cette sainte émulation, digne d'éloges, fait ma force, ma consolation et ma confiance.

Je me plais à rendre ici le meilleur témoignage des prêtres et des fidèles, sans acception de personnes. Tout le monde me reprocherait de ne pas accorder une mention honorable à celui que sainte Anne s'est choisi pour avocat auprès de nos populations restées fidèles aux traditions des siècles passés.

Le zélé chapelain, à qui *je renouvelle ici l'assurance de ma satisfaction et de mon amitié*, n'a point entrepris de détruire, mais plutôt d'accomplir l'œuvre du bon Nicolazic. Aussi a-t-il reçu partout, chez les pauvres comme chez les riches, l'accueil le plus encourageant. Il m'a raconté, avec une émotion que j'ai partagée, des traits de la plus délicate générosité. Son bon Ange le conduit; la Sainte l'inspire; Dieu donne à sa parole d'apôtre une éloquence persuasive et efficace. La souscription dont il a eu l'idée et qu'il poursuit avec autant d'intelligence que d'activité, nous a permis jusqu'à ce jour de faire honneur à nos obligations.

III

Il s'en faut, Nos très chers Frères, que nous ayons réalisé les fonds nécessaires à cet important travail. Nous vivons au jour le jour, comptant sur la Providence. Elle nous a envoyé de toutes parts des secours plus ou moins considérables, marqués au coin de la charité chrétienne.

Vous apprendrez, avec bonheur et reconnaissance, que l'Empereur nous donne, *sur sa cassette particulière*, DIX MILLE FRANCS destinés à la construction de la nouvelle église de Sainte-Anne. Sa Majesté a la mémoire du cœur. Elle avait conservé de son pèlerinage de 1858 le plus religieux souvenir. Un mot, dit incidemment à la fin du Carême dernier, fut accepté, comme tout ce qui l'avait précédé, avec une bienveillance incomparable.

J'aime à croire que le Ciel exaucera les vœux que nous lui adresserons ensemble, le 26 juillet, pour l'Empereur, pour l'Impératrice et pour le Prince Impérial.

J'attendais avec impatience cette grande solennité pour acquitter une autre dette qu'aucun de nous ne saurait renier.

Notre Saint-Père le Pape s'est acquis de nouveaux titres à notre vénération, à notre attachement et à notre amour, par les faveurs signalées dont il nous a comblés.

Vous les connaissez, Nos très chers Frères, ces bienfaits extraordinaires. Votre cœur ne les oubliera jamais.

Ne parlons aujourd'hui que de la dernière grâce qui nous est venue de Rome.

Par un bref en date du 22 Mai 1868, le Saint-Père m'a permis de couronner, en son nom, la statue miraculeuse vénérée à Sainte-Anne, près Auray.

Cette nouvelle inespérée a causé dans notre diocèse et dans les diocèses voisins une joie inexprimable.

Le pays tout entier se promet d'assister à ce couronnement merveilleux, qui marquera dans l'histoire du pèlerinage de Sainte-Anne.

Or, Mes très chers Frères, cette fête de famille est fixée au *30 septembre prochain*. Le programme de la cérémonie sera publié ultérieurement.

Monseigneur l'Archevêque de Rennes a bien voulu promettre d'occuper la place qui lui appartient dans cette assemblée. Nos Seigneurs les Évêques de Quimper et de Saint-Brieuc et le très Révérend Père Abbé de la Trappe de Thymadeuc nous honoreront pareillement de leur présence.

Le même espoir m'a été donné par Monseigneur de la Hailandière, ancien Évêque de Vincennes, et par Monseigneur l'Évêque de Saint-Claude. J'ai lieu de craindre que la santé de Monseigneur l'Évêque de Nantes ne l'empêche de se rendre à l'invitation que je voudrais lui porter moi-même. En ce cas, Sa Grandeur se ferait peut-être représenter : nous lui en serions tous reconnaissants.

En attendant ce jour de bénédiction que le Seigneur nous réservait dans sa miséricorde, prions et travaillons, Mes très chers Frères ; ne négligeons rien pour répondre dignement aux attentions exceptionnelles dont nous avons été l'objet de la part du Ciel et de la terre.

III. — COURONNEMENT DE SAINTE ANNE

(30 SEPTEMBRE 1868)

I

NOS TRÈS CHERS FRÈRES,

Je vous sais impatients de recevoir quelques instructions circonstanciées à propos de la Fête qui préoccupe et enflamme notre piété filiale. Pour plusieurs motifs, qu'il n'est pas opportun de mentionner ici, j'avais résolu de n'exaucer vos vœux qu'après avoir déposé aux pieds de Notre-Dame du Roncier ma trop modeste offrande et mes justes hommages.

Ce premier tribut a été payé par tous avec amour et bonheur. Notre cœur restera touché du spectacle attendrissant qu'il Nous a été donné de contempler à Josselin, le 8 septembre 1868. Combien je regrette de ne pouvoir exprimer convenablement ce que mes yeux ont vu, ce que mes oreilles ont entendu, ce que mon âme a ressenti !

Venez plutôt, le 30 septembre prochain, vous prosterner avec Nous devant l'image vénérée de sainte Anne, dans le vieux sanctuaire témoin de tant de prodiges ! En ce jour de grâces et d'*indulgence plénière*, que le Saint-Père a fait pour la gloire de notre Patronne, vous goûterez avec ivresse des transports que je renonce à décrire.

Tous les Évêques de notre province ecclésiastique se sont donné rendez-vous à cette. solennité. Ils ont droit d'attendre de nous l'accueil le plus empressé. Comment reconnaitre le gracieux concours que Leurs Grandeurs nous ont prêté ! Sainte Anne y pourvoira.

Nous conserverons jusqu'au dernier moment l'espoir de recevoir notre Frère de Nantes. Il nous a déclaré de la façon la plus obligeante ses pieuses intentions. Si sa précieuse santé exige un sacrifice, nous l'accepterons avec soumission, et nous l'offrirons à Dieu pour prix d'une guérison chère à l'Église. En ce cas, le vénérable Prélat dirait sans doute, comme l'Apôtre : *Pour moi, absent de corps, j'étais présent en esprit* (1). Son représentant nous en apporterait la nouvelle assurance.

Deux autres Pontifes, qui nous appartiennent à d'autres titres que leur origine, ont consenti,

(1) 1re Cor., v, 3.

de la meilleure grâce, à partager notre enthousiasme. Qu'ils soient les bienvenus! Sainte
Anne les récompensera de cette démarche, qui
nous réjouit et nous honore.

Le Très Révérend Père Abbé de Thymadeuc se
résignera de nouveau à quitter, pour quelques
heures, sa chère solitude. Il nous en apportera le
bon exemple de la pénitence, plus nécessaire que
jamais peut-être, et le suave parfum d'une trop
rare modestie.

Qu'elle sera belle et édifiante, Nos très chers
Frères, cette réunion de Pontifes, sous la présidence de notre illustre Métropolitain! Je les vois,
par anticipation, qui s'avancent, le visage rayon-
nant d'une douce joie, revêtus de leurs insignes,
entourés de leurs assistants respectifs, précédés
de la Statue miraculeuse et des couronnes réservées à la Fille et à la Mère. Quel cortège et
quel triomphe! N'entendez-vous pas les chœurs
des Anges qui redisent, au ciel, sur leurs harpes
d'or, les chants de victoire par lesquels nous
saluerons à l'envi nos deux Souveraines? Admirez
ces pèlerins innombrables! Comme ils se pressent!
que de ferveur dans leur dévotion! que de
douceur dans leurs larmes! Il en est *qui espèrent
contre toute espérance humaine.* Tous bénissent le
Ciel de leur avoir fait de si religieux loisirs. Ils
arrivent des divers points de la Bretagne et de

quelques autres provinces. C'est la même étoile
qui les a conduits : leur antique foi. Les mêmes
sentiments les animent : l'espérance ou la reconnaissance ; dans l'un et l'autre cas, l'amour.
Avec quel respect ils s'inclinent sous la bénédiction de leurs évêques bien-aimés ! Point de
ces curiosités vulgaires, de ces complaisances
profanes, de ces maintiens contraints ou calculés.
Toutes les démonstrations partent d'un cœur
pénétré, d'un esprit plus élevé que les apparences,
d'un caractère fortement trempé dans une instruction chrétienne, dans des mœurs et coutumes
d'un autre âge. *Ces brebis connaissent leurs pasteurs*, qui les retrouvent et les considèrent avec
une complaisance toujours ancienne et toujours
nouvelle. Chacun répète à sa manière, de cœur
sinon de bouche : *Qu'il est bon et agréable pour
des frères d'habiter ensemble* (1) !

A vrai dire, il n'y aura, en pareille rencontre,
qu'un pasteur et qu'un troupeau. Le souvenir du
Souverain-Pontife dominera l'assemblée. Notre
Père commun nous recommandera, du haut de
son Calvaire, à sainte Anne : « *Femme*, dira-t-il,
voilà tes enfants ! J'ai foi en ta sollicitude maternelle ! Garde-les bien ! Les temps sont mauvais.
Tant de loups ravissants se cachent sous des

(1) Ps. CXXXII, 1.

peaux de brebis ! Le monde en est plein. Ne souffre pas qu'ils entrent dans la bergerie ! »

Ayons donc confiance, Nos très chers Frères ! L'Aïeule du Sauveur des hommes ne nous a-t-elle pas donné mille preuves de sa puissance et de sa bonté ? Invoquons-la ; aimons-la ; écoutons ses inspirations ; faisons tout ce qu'elle nous dira, dans l'adversité comme dans la prospérité, à tous les âges et dans toutes les conditions, à la vie et à la mort.

Telles sont, Nos très chers Frères, les résolutions que devra nous inspirer la vue de ces évêques, de ces prêtres, de ces fidèles, *qui n'auront qu'un cœur et qu'une âme*, qui marcheront, avec une noble émulation, sous les bannières de sainte Anne et de Marie. Ce défilé magnifique, commencé dans l'étroite enceinte du sanctuaire, pour se continuer, en se développant, sous les arbres séculaires de l'ancien couvent, présentera un aspect imposant, bien fait pour remuer les natures les plus glacées.

L'heure solennelle approchera. Bientôt les couronnes, placées sur l'estrade, auprès de la Statue, attireront les regards de la foule attentive. Les évêques, les prêtres, les congrégations religieuses, les diverses autorités auront pris les places qui leur étaient réservées.

Le sacrifice se prépare. Des chants, graves

comme les pensées et les sentiments qu'ils rappellent, ont frappé nos oreilles. Recueillons-nous;
prions! Le mystère eucharistique s'opère : il est
consommé.

Cependant une voix éloquente se fait entendre.
L'orateur si vivement désiré apparaît. C'est le
savant doyen de Sainte-Geneviève de Paris, tour
à tour professeur distingué, prédicateur renommé,
habile écrivain, polémiste autorisé. Après avoir
vengé la Divinité des blasphèmes et des contradictions d'un esprit superbe et léger, il pro-
clamera chez nous, comme corollaire de sa ré-
futation victorieuse, l'éclatant triomphe de l'Aïeule
de Jésus. Qu'il soit béni, ce prêtre éminent, une
des gloires les plus pures du clergé français! Sa
présence et sa parole donneront un lustre tout
particulier à cette fête nationale, où la Bretagne
entière l'aura écouté avec admiration et reconnaissance.

Les esprits seront charmés; les cœurs, émus;
les âmes attendront impatiemment que les couronnes bénites brillent aux fronts de la Reine-
Mère et de sa Fille, que *toutes les générations
appelleront Bienheureuse.*

Les prières de la sainte liturgie se récitent. Les
pontifes s'avancent; ils touchent ensemble de la
main et du cœur le double symbole d'une double
royauté, placé, au nom de Pie IX, sur la tête
d'Anne et de Marie.

Salut, ô saintes Reines ! Parcourez triomphalement votre royaume. Recevez les hommages de vos heureux sujets. Je les vois qui se disputent l'insigne honneur de charger leurs épaules du précieux fardeau de vos images miraculeuses !

La procession recommence au milieu de l'allégresse générale. Les voix et les instruments alternent et se marient harmonieusement. L'accord est parfait, sur la terre comme au ciel.

Quelques heures plus tard, les cloches de l'église appelleront les pèlerins aux nouvelles jouissances qui leur seront ménagées.

Nous retournerons processionnellement au lieu du couronnement.

Au chant des psaumes succèdera celui des hymnes et des cantiques. Soudain toute voix fera silence.

C'est alors que M⁰ʳ l'Archevêque de Rennes daignera tirer de son esprit et de son cœur ces accents sympathiques auxquels il nous a accoutumés. Que le vénérable Prélat parle ou qu'il écrive, il est compris ; il persuade, s'il n'est pas toujours obéi. Sa Grandeur ne se contentera donc pas d'avoir adressé à ses chers diocésains une lettre que nous avons lue avec bonheur et gratitude. Il ne lui aura pas suffi d'apporter à notre Patronne une offrande qui caractérisera une fois de plus son inépuisable charité. Nous

aimerons à l'entendre redire, de sa voix la plus
éloquente, les titres de sainte Anne à notre piété
filiale.

L'orateur des secondes Vêpres méritait à tous
égards d'être précédé dignement sur les hauteurs
de l'éloquence de la chaire. Les deux discours
prononcés à Sainte-Anne, le 30 septembre prochain, auront un retentissement salutaire jusques
au delà de notre chère Bretagne.

Dieu soit loué d'avoir permis que je trouvasse,
en cette occurence, tant de talent uni à tant de
bienveillance! Il en tirera sa gloire. Malheur à
nous, Nos très chers Frères, si nous abusions de
toutes ces faveurs!

II

Cette fête devra donc avoir un lendemain. Elle
ne sera vraiment belle qu'à cette condition. Mais
l'influence de la veille se fera sentir les jours
suivants. Comprenez-moi.

Je vous laisse à penser, Nos très chers Frères,
quelles actions de grâces nous devrons rendre,
après tant de bienfaits, au Ciel et à la terre. Votre
ferveur habituelle m'est un sûr garant que vous
voudrez faire honneur à toutes nos obligations.

Je vous en félicite. Soyez bénis ! Dès aujourd'hui
mettons-nous à l'œuvre ; préparons tout pour ce
grand jour. S'il plaît à Dieu de l'éclairer de son
soleil, à Sainte-Anne, comme à Josselin, nous
aurons lieu de concevoir les plus légitimes espérances de cet élan populaire, vraiment catholique et sans mauvais retour, qui console des
plus tristes mécomptes et réconforte, malgré de
si lamentables défaillances.

Je ne doute pas plus de vos sentiments religieux
que de votre libéralité. Aussi bien l'œuvre considérable dont le couronnement de sainte Anne
n'est qu'un glorieux épisode, m'a fourni l'occasion
de vous mieux connaître. Que de ressources offre
une population incapable, comme tant d'autres,
de se surfaire ! Sous les dehors d'une simplicité
primitive, elle cache, sans prétentions, un fonds
riche et d'une exploitation facile. Que de spon-
tanéité, que de constance dans ses entreprises !
Pour la faire agir, il suffit de toucher avec délicatesse quelques ressorts intimes, qu'elle ne confie
pas au premier venu.

Vous avez bien mérité de votre Évêque, Nos
très chers Frères ; il déplore son impuissance à
vous manifester les sentiments qu'il vous a voués,
en retour de vos excellentes dispositions. Ce qu'il
ambitionne avant tout, c'est votre sanctification.
Permettez donc que, au lieu de vous adresser de

justes mais inutiles compliments, il vous promette
le secours de ses conseils, de sa vigilance et de
ses prières. Il ne saurait mieux vous prouver son
dévouement paternel, son attachement inaltérable,
sa tendre affection. Mais tout ce que le dévouement a de généreux, tout ce que l'attachement a
de fort, tout ce que l'amitié a de délicieux et
d'enchanteur, tout cela ne satisferait pas les
aspirations de mon âme, inquiète de votre bonheur. A Dieu ne plaise que je fasse près de vous
l'effet d'*un airain sonnant ou d'une cymbale re-
tentissante!* Il est nécessaire que le son de ma
voix, que les battements de mon cœur produisent
dans vos âmes un écho salutaire, une impression
sérieuse et durable. Loin de moi la vaine gloire
de rechercher des approbations superflues, qui
me damneraient sans vous sauver! Il me sera
demandé un compte exact et rigoureux de mon
administration. En conséquence, par justice et
par charité, je dois calculer avec précision vos
plus chers intérêts, vous apprendre à faire fructifier tous les talents que le Père de famille vous
a confiés. Il faut donc que je parle, de l'avis de
l'Apôtre, *à temps et à contre-temps.*

Or, Nos très chers Frères, *voici un temps
favorable; voici des jours de salut.* Pour que notre
jubilation soit efficace, que faut-il faire? Suffirait-
il d'élever à notre Patronne un temple plus digne

d'elle, de la couronner d'or pur et de pierres
précieuses, de tresser des guirlandes, d'orner la
vieille chapelle, d'illuminer le petit village, de
faire jaillir du sein des ténèbres les rapides
étincelles d'un feu d'artifice ?

Tous ces préparatifs rendent de vous le meilleur
témoignage. Néanmoins, ce n'est que le côté
accessoire et superficiel de votre dévotion envers
sainte Anne. Le sanctuaire de vos âmes sera-t-il
décoré comme il convient, pour que notre Sainte
s'y repose avec complaisance ? Elle est mère. Or,
une mère s'oublie pour ses enfants. Elle veut
leur bonheur, avant ses intérêts ; elle y travaille ;
elle s'y sacrifie ; au besoin, elle meurt à la peine,
trop heureuse de se dépenser pour l'enfant qu'elle
a mis au monde.

Me trompé-je, Nos très chers Frères ? N'est-ce
pas sainte Anne qui m'inspire de vous parler
ainsi ? Écoutons :

Mes enfants, dit-elle, votre ardeur à travailler
à ma maison me cause une grande joie. J'accepte
avec attendrissement la couronne que m'a dé-
cernée l'auguste représentant de Jésus-Christ.
D'ailleurs, elle m'est offerte si amoureusement !
Comment resterais-je insensible à tout ce qui
peut vivifier le culte qui m'est rendu dans ce bon
pays que j'ai tant aimé ! Mais, ne prenez pas le
change ; dans le plan divin, ces honneurs ex-

ceptionnels tendent à la plus grande gloire de
Dieu, à l'exaltation de son Église, au salut de ses
enfants. La protection dont je me plais à couvrir
cette terre de bénédiction, toujours fidèle à son
passé, est un moyen et non la fin. Jamais elle ne
vous fera défaut. Que votre liberté ne mette
aucune entrave à mes desseins sur vous ! Sans
doute, votre foi traditionnelle vous a sauvés de
plus d'un péril. Efforcez-vous de la faire agir, par
la charité, dans l'ordre surnaturel. Votre cœur,
si large, qui se dilate aisément, doit s'épanouir
à la douce chaleur du Soleil de justice. Montrez-
vous dignes de vos pères. Dites, après eux :
Potius mori quam fœdari ! Entendez cette devise
dans son sens chrétien. La pire des souillures, la
seule, à bien dire, c'est le péché. Donc, ne péchez
plus ! Loin de vous ces vices honteux et dégra-
dants dont vous n'avez pas toujours su ni voulu
vous affranchir ! Que votre renommée, si bonne
par comparaison, demeure désormais sans tache !
Venez à moi, mes enfants, vous surtout qui êtes
surchargés : je partagerai votre fardeau. Mais
j'aurais beau suspendre, à votre avantage, les
lois ordinaires de la nature, guérir toutes vos
infirmités corporelles ; si vous ne souffrez pas
que je vous préserve des causes et des conséquences des maladies de l'ordre moral, tout sera
compromis, tout est perdu, même l'honneur, au

3

moins pour la vie future, auprès de laquelle la vie présente n'est qu'une ombre qui fuit.

Nos très chers Frères, cette exhortation maternelle à une vie sainte et conforme à vos sentiments religieux sera entendue. Que chacun en prenne l'engagement sacré, à la veille de la touchante cérémonie qui remue d'avance les fibres les plus sensibles et les plus puissantes de notre être !

A ce prix, ô mon pays, tu grandiras en considération et en mérite devant Dieu et devant les hommes. Sainte Anne, en qui tu espères, que tu vénères et qui fait ta force, t'obtiendra la grâce de *combattre le bon combat, de garder la foi, de fournir la plus noble carrière. Le reste te sera donné par surcroît.* A ton tour, tu recevras de celui qui juge les peuples et les monarques, la couronne de justice et de gloire. Elle ne se flétrira jamais.

(8 ET 30 SEPTEMBRE 1869)

NOS TRÈS CHERS FRÈRES,

Nous célébrerons, dans le courant du mois
prochain, l'heureux anniversaire de deux fêtes
religieuses dont le diocèse gardera le meilleur
souvenir. Le 8 et le 30 septembre 1868, il Nous
fut donné de couronner, au nom du Souverain
Pontife, Notre-Dame du Roncier, Patronne de
Josselin, et sainte Anne, Patronne de la Bretagne. Ces jours de grâces extraordinaires ne
seront pas les pages les moins édifiantes de
l'histoire de l'Église de Vannes. Notre épiscopat
en aura-t-il de plus consolantes ? Quoi qu'il en
soit, l'honneur insigne qui Nous était réservé à
cet effet, Nous touche moins encore que les bénédictions particulières offertes, en cette occur-
rence, aux âmes dévotes envers Marie et sa
Mère.

Nous regrettons vivement de ne pouvoir déployer la même pompe que l'année dernière. Il serait indiscret d'adresser des invitations aussi étendues. Néanmoins, nous ne compterons pas en vain sur le nombre et la ferveur des pèlerins empressés d'apporter de justes hommages et de participer aux bienfaits spirituels réservés à leur piété filiale. Chacun sait apprécier les indulgences que notre Saint-Père le Pape a daigné Nous accorder pour ces deux sanctuaires.

I

M. le curé-archiprêtre de Josselin retrouvera ses chers paroissiens pleins d'élan et de générosité. Nous avons eu le plaisir d'apprendre que déjà ils se sont mis à l'œuvre. Ils montreront une fois de plus de quoi ils sont capables. C'est du fond de Notre cœur que Nous bénissons leur industrieuse activité. Le Maître paiera ses ouvriers à son heure. D'autre part, les paroisses voisines se promettent de prêter leur concours. Tout nous présage donc une belle cérémonie, douce au pasteur, salutaire au troupeau, et parfaitement en harmonie avec les besoins du peuple chrétien et les préoccupations de la sainte Église. Chose digne de remarque ! La foule des indifférents et des impies s'agite, sans prendre la peine de

dissimuler ses desseins sacrilèges et ses menées
occultes, se promettant, pour un avenir prochain,
des triomphes dont les conséquences seraient
fatales à ceux-là mêmes qui les auraient accomplis.
De son côté, le petit nombre des élus, attristé
mais inébranlable dans sa piété, *qui a les promesses de la vie présente et de la vie future*, porte
plus haut que jamais l'étendard du Christ et les
bannières de ses Saints. Soyons sans crainte,
Nos très chers Frères : le flux et le reflux des
opinions humaines, ayant pour mobile des intérêts et des passions insatiables, ne prévaudront
jamais contre la perpétuité de notre foi et la
pureté de notre morale. Si les méchants se
comptent, disposés à se prêter main-forte dans
l'action qu'ils méditent, les bons prient, cherchant
leur point d'appui au ciel et, sur la terre, aux
lieux mêmes où Dieu se plaît à manifester sa
puissance et sa bonté.

Nous ne connaissons pas encore le programme
de la cérémonie de Josselin. Il rappellera sans
doute, autant que possible, la touchante démonstration du 8 septembre dernier. Si le temps se
montre aussi favorable, la messe sera chantée au
même lieu. Le soir, la procession suivra le par-
cours connu, qui se prête si merveilleusement à
cette marche religieuse.

Désireux de faire Nos dévotions à Notre-Dame
du Roncier, et de donner à ses enfants un
nouveau témoignage de Notre paternel intérêt,

Nous présiderons, sauf empêchement imprévu,
cette fête de famille. Les fidèles qui nous assisteront, se diront, avec joie et espérance, que
trois mois après, à la même date, le 8 décembre
1869, une autre fête de Notre-Dame réunira aux
pieds du Chef visible de l'Église les pasteurs de
l'Église catholique.... Hélas ! que nous aimerions
à voir le monde chrétien tout entier accepter ce
rendez-vous ! Là, sur les hauteurs du Vatican,
environnant la Chaire de saint Pierre, d'où Pie IX,
qui l'occupe avec tant de gloire et de bonté,
prendra leurs avis avant de rendre ses oracles,
les Pères du Concile imploreront le secours de
Celle qui a mission d'écraser les têtes, toujours
renaissantes, du serpent de l'hérésie, du schisme
et de toutes les erreurs. De grâce, que leurs
intentions ne soient pas méconnues ! Puissent-ils
mettre fin à des hostilités intestines qui désolent
le royaume de Dieu et ruinent son règne dans
les âmes ! Aussi bien ces grandes et solennelles
assises de la catholicité peuvent être considérées
d'avance comme le vrai congrès de la paix. Pas
un membre de cette auguste assemblée qui ne
nourrisse le projet et la résolution de parler et
d'agir au nom du Dieu de paix, l'espoir de rapprocher dans un embrassement fraternel ce que
le Ciel avait uni et ce que la terre a divisé. Et
cependant ils ne sont pas rares les esprits dévoyés,
trompés ou trompeurs, qui, rejetant et combattant
de parti pris l'harmonie universelle des âmes,

ont le triste courage de prêter au Pape et aux Évêques des idées et des sentiments que leur patriotisme désavoue aussi bien que leur religion. Non, non, aucun de nous ne demandera *la mort des pécheurs, mais plutôt leur vie par leur conversion.* Fidèles aux prescriptions de leur divin Maître, les pontifes du Dieu de charité se garderont *de rompre le roseau déjà brisé, d'éteindre la mèche qui fume encore.* Depuis longtemps ils voudraient, au prix de leur sang, donner une nouvelle sève à ces rameaux que l'hérésie, le schisme et toutes les variations de l'esprit humain ont desséché, en les mutilant. Qu'il leur tarde de remplir, jusqu'au bord, de l'huile pure et vivifiante de la vraie religion, ces lampes fragiles et vides exposées à *tout vent de doctrine !*

Enfants de Notre-Dame du Roncier, obtenez de cette bonne Mère de mettre un frein à la licence de la presse irréligieuse et de la libre-pensée. Hélas ! les plus à plaindre ne sont pas toujours ceux que l'on pense. Il y a, dans l'ordre intellectuel et moral, des infirmes plus dignes de votre compassion que ceux qui viennent demander leur guérison à votre Patronne. S'il fallait en croire une légende qu'il n'est pas défendu de respecter, ces convulsions héréditaires et chroniques seraient le juste châtiment d'une brutalité sacrilège. Que de fois la Vierge et son divin Fils ont été méconnus, chassés sans pitié ! Ne les poursuit-on pas tous les jours, dans des discours et des livres

blasphématoires, de cris sauvages et mercenaires !
Or, pourquoi Dieu n'aurait-il pas mis le soulagement et la sanctification de ces crieurs publics
d'une autre sorte au prix d'un hommage rendu à
l'intervention de Marie auprès de Jésus ? Nous le
croyons fermement. Raison de plus pour avoir foi
dans les heureux résultats d'un Concile qui
s'ouvrira sous les auspices de la très sainte Vierge,
en la fête de son Immaculée Conception, et sera
présidé par l'illustre Pontife qui proclama le plus
glorieux des privilèges de la Mère de Dieu.

II

Nos très chers Frères, vue de ces hauteurs
surnaturelles, l'image bénie de sainte Anne,
rehaussée de sa riche et brillante couronne, ne
nous inspirera pas une moindre confiance. La
Mère, comme la Fille, est *le rempart de l'Église.*
Or, sa puissante protection nous est plus nécessaire que jamais en ces temps troublés, où les
ennemis du nom chrétien se soulèvent pour arrêter
l'essor qui porte vers Rome et le Pontife-Roi tous
les cœurs dévoués et fidèles, trop bien avisés
pour se désintéresser des décisions du Concile.

La reconnaissance nous ferait seule un devoir
de donner à notre dévotion envers sainte Anne
un objet moins personnel. En effet, non content

d'avoir accordé en l'honneur de notre Patronne une faveur jusque-là réservée à la sainte Vierge, le Saint-Père a daigné enrichir *d'une indulgence plénière quotidienne* ce pèlerinage renommé. L'avant-dernier numéro de la *Semaine religieuse de Vannes* annonçait officiellement cette bonne nouvelle. Ce bref était accompagné d'une lettre des plus encourageantes pour toutes les personnes charitables qui ont apporté leur pierre à la chapelle en construction. Pie IX a bien voulu nous faire participer aux trésors enfouis depuis des siècles sur le bord du Tibre, dans la vieille capitale des Césars. Quatre blocs de marbres rares ont été livrés par l'habile architecte de l'Emporium à un religieux de nos amis, digne enfant de sainte Anne, et qui n'omet aucune occasion de nous être utile et agréable.

Nous avons résolu d'élever un petit monument commémoratif du couronnement de sainte Anne, au lieu même où s'accomplit cette cérémonie, si imposante en dépit de l'inclémence du temps. On aurait dit, en effet, que l'enfer, jaloux et irrité de l'ovation réservée à l'aïeule de Jésus, avait déchaîné contre nous la fureur des éléments. Le vent qui soufflait avec violence, la pluie qui tombait par torrents, ne purent ébranler la foi ni refroidir la ferveur de cinquante mille pèlerins. Cette foule immense demeura impassible et respectueuse, avide de voir et d'entendre. Il est vrai, l'exemple venait de haut : de Nos vénérables collègues,

présidés par Notre digne Métropolitain, de toutes
les autorités du département, de mille prêtres en
habits de chœur, de religieux et de religieuses....

Un orateur bien connu, accoutumé à surmonter
des obstacles de tout genre, tint tête à l'orage.
Jamais peut-être son éloquence n'a obtenu des
suffrages mieux mérités. Aimons à croire que le
Ciel, qui nous récompensa de notre résignation
dès le soir de cette journée mémorable, ne nous
soumettra plus à pareille épreuve. S'il nous est
propice, nous visiterons processionnellement le
lieu béni où la Statue miraculeuse nous apparut
étincelante de tous les fleurons que lui avaient
destinés des âmes pieuses et libérales.

Un disciple distingué du savant doyen de Sainte-
Geneviève portera la parole, après son maître,
dans cette chaire improvisée. M. l'abbé Bernard
n'aura point la prétention de nous faire oublier
M. l'abbé Freppel. Il lui fera honneur, là comme
partout. En lui proposant cette succession délicate,
Nous avons voulu montrer, pour le passé et pour
le présent, autant de cœur que de goût.

Ce joyeux anniversaire présentera, par une
heureuse coïncidence, un caractère tout particulier. Nous inaugurerons, le matin, la principale
nef de la nouvelle église. Cette première prise de
possession Nous cause d'avance une émotion bien
vive. Nos chers diocésains comprendront et par-
tageront Notre joie. Quelle satisfaction pour tous
de voir établir le culte de notre Patronne dans ce

temple magnifique que nous considérons comme
un témoignage irrécusable du crédit dont sainte
Anne jouit au ciel et sur la terre ! Tout le monde
se plaît à proclamer avec moi que ses intérêts ne
pouvaient être placés en des mains plus dévouées
et plus sympathiques. Le nom de M. le chanoine
Guillouzo aura une place de choix dans les annales
du pèlerinage de Sainte-Anne, à côté de celui du
bon Nicolazic.

L'ordonnance de la cérémonie du 30 septembre
sera publiée ultérieurement. Qu'il Nous soit permis
d'exprimer ici le désir que Nous éprouvons de
donner à cet anniversaire toute la solennité con-
venable. Les prêtres et les fidèles nous ont appris
à compter sur leur empressement. Sans aucun
doute, ils auront à cœur de partager les jouissances et les bénédictions qui nous sont réservées
en cette circonstance. Toutes les paroisses qui
auraient la pieuse pensée de porter leurs croix et
leurs bannières à la procession, seront accueillies
avec bonheur.

Toutes modiques que sont nos ressources, eu
égard aux dépenses énormes qui Nous incombent
chaque jour, Nous prendrons des mesures pour
que cette fête ne manque ni de grandeur ni d'éclat.
Si nos vœux sont exaucés, elle sera présidée par
Mgr l'Archevêque d'Avignon. Il appartenait à votre
ancien Évêque d'officier le premier pontificalement dans cette église. C'est lui qui en proposa
la construction. Les événements ne lui ont pas

permis de réaliser son projet ; mais il a fourni la
première offrande. Nous lui devrons en outre une
des verrières qui ne contribueront pas peu à
l'ornement de l'édifice. Sa Grandeur Nous fera
sans doute la grâce d'ajouter à l'honneur de sa
présence et à la charité de ses prières le charme
et l'édification de sa parole. En venant rendre
ses devoirs à sa Patronne, le vénérable prélat
Nous offrira l'occasion, depuis longtemps désirée,
de lui témoigner Notre respectueuse affection et
Notre juste gratitude.

Avant tout, il importe que, sans nous répandre
inconsidérément au dehors, nous fassions, dans
notre for intérieur, des préparatifs où sainte Anne
puisse trouver sa gloire et notre salut. Elle veut
être honorée *en esprit et en vérité*. Gardons-nous
de condamner Marthe ! Jésus, doux et humble de
cœur, accepta son zèle, en le modérant par cette
réflexion pleine de bienveillance : *Marthe, Marthe,*
pourquoi vous inquiéter au delà des justes bornes ?
Marie a choisi la meilleure part, que personne ne
lui ravira. Tant il est vrai, Nos très chers Frères,
que l'Évangile répond à toutes nos nécessités
spirituelles, et qu'il est bon d'y chercher le modèle et la règle de la plus religieuse activité !

Rome, le 18 février 1870.

Cher Monsieur le Chapelain,

Personne, mieux que vous, ne saurait comprendre quelle privation j'éprouve d'avance de ne pouvoir de sitôt participer à vos fêtes. Trois mois se sont écoulés depuis que je n'ai joui de ce spectacle, toujours ancien et toujours nouveau pour moi. Hélas! Dieu sait combien de temps encore je devrai me résigner au même sacrifice. Il ne suffit pas à mon cœur de rendre de loin mes devoirs à notre bonne Mère. A votre exemple, n'en doutez pas, je l'invoque chaque jour et toutes les fois que je sens le besoin d'être éclairé et soutenu dans la voie difficile que je m'efforce de suivre avec courage et confiance. Elle ne reste jamais sourde à ma voix suppliante. J'aime à déclarer qu'elle m'a fait sentir en plusieurs circonstances délicates, depuis notre séparation, sa puissante assistance.

Vous avez vu mon installation à Rome. Elle m'offre toutes sortes d'avantages que vous avez pu apprécier. Un détail d'intérieur fera juger des attentions délicates qui m'attendaient ici. Une

main pieuse avait eu l'heureuse inspiration de
choisir le meilleur moyen pour me rappeler la
patrie absente. Sur ma table de travail, à côté du
Crucifix, j'aperçus l'image aimée de sainte Anne
parlant du ciel, qu'elle montre du doigt, à sa petite
Marie. Attentive à la leçon qu'elle reçoit, cette
enfant de bénédiction, les mains jointes, suit des
yeux le geste éloquent de sa mère. L'harmonie
qui transporte ces deux âmes d'élite est manifeste.

Un pareil tableau répond merveilleusement à
mes plus intimes aspirations. Je le contemplerai
avec plus de complaisance encore dans quelques
jours, lorsque vous ferez solennellement l'ouverture de vos pèlerinages. Que je regretterai, le
7 Mars, d'être si loin de mon pays! La distance
qui nous sépare ne m'empêchera point d'unir
d'intention mes prières aux vôtres. Sachant par
cœur vos cérémonies, le lieu et l'heure où elles
s'accomplissent avec une noble simplicité digne
des premiers âges, il me sera doux de chercher à
me faire illusion... Vous pourrez y contribuer.
Entendons-nous à cet effet.

Vous laissant le soin de prendre vos mesures
et de choisir vos coadjuteurs, *sans le bénéfice de
future, encore moins de prochaine succession*, je
me borne à vous demander deux choses.

Avant tout, vous déposerez aux pieds de notre
Patronne le tribut de ma piété filiale. En second
lieu, vous parlerez en mon nom, à ceux qui s'empresseront de lui porter leurs hommages dans le

sanctuaire qu'elle a préféré à tant d'autres, et qui vous devra une splendeur inespérée.

Sainte Anne est le *Rempart de l'Église*. Vous lui donnez ce titre, en récitant ses litanies. Or, en ce moment, l'Église enseignante est assemblée pour fortifier dans la foi tous ses enfants, et pour les défendre contre les erreurs qui ont envahi et menacent le monde entier. J'attends personnellement beaucoup de l'intervention bienveillante de Celle qui m'a si souvent appris à faire la volonté de Dieu. Elle ne permettra pas que le plus humble des Pères du saint Concile du Vatican manque aux graves obligations qu'il se propose de remplir avec prudence et simplicité. Cet espoir justement fondé me soutient et me console des contradictions qui ne nous seront point épargnées jusqu'à la fin.

Usez donc de tout le crédit dont vous jouissez auprès de sainte Anne, afin d'obtenir, par son intercession, au Pape et aux Évêques, les grâces actuelles qui leur sont nécessaires *pour gouverner l'Église de Dieu*. Après avoir imploré, en leur faveur, les lumières du Saint-Esprit, le peuple chrétien devra se soumettre, sans réserve ni discussion, aux jugements qu'ils auront prononcés. C'est pourquoi leurs décrets, qu'il ne faut pas désirer trop impatiemment, sont l'objet d'études sérieuses et de longues mais utiles discussions. Hélas! ne seront-ils point portés *pour la ruine d'un grand nombre?* En tout cas, chacun de nous

en rendra un compte rigoureux au Souverain Juge.
Ces considérations, contre lesquelles personne
n'oserait réclamer, justifient amplement l'excla-
mation d'un vénérable Prélat romain : « Heureux,
» disait-il, ceux qui n'ont que des devoirs à remplir
» et pas de droits à exercer! »

Il n'est pas rare d'entendre raisonner et conclure
moins scrupuleusement. En vérité, je ne saurais
m'expliquer la hardiesse et l'empressement de
certains esprits, qui semblent se faire un jeu d'as-
sumer bénévolement, devant Dieu et devant les
hommes, une responsabilité dont s'effraient les
plus autorisés. Ces inconséquences, jointes aux
indiscrétions déjà commises, et qui trouvent dans
la presse des échos trop complaisants sinon mal-
intentionnés, ne finiraient-elles point par discré-
diter le Concile? En les déplorant, ceux qui ont
reçu mission de parler, en temps et lieu, avec
l'assistance de l'Esprit-Saint, se préoccupent de
prémunir le peuple chrétien contre des bruits
malheureux et des agitations au moins inutiles.

Vous exercerez cette charité fraternelle envers
les pèlerins du 7 Mars et ceux qui viendront après
eux. Ils vous comprendront et voudront obéir à
leur premier Pasteur, qui n'aura pas vainement
compté sur l'efficacité de leurs prières.

En résumé, l'influence salutaire que sainte Anne
peut exercer sur nos délibérations conciliaires,
c'est un point qu'il vous sera facile d'établir, *sans
crier au miracle*. Vous ne serez pas plus embar-

rassé pour plaider avec succès les intérêts spirituels de votre Evêque. En vous choisissant pour
interprète, je rends témoignage de votre éloquence
et de votre dévouement.

Par une de ces transitions insinuantes dont vous
avez le secret, vous arriverez à vos fins, qui méritent les plus grands éloges, puisque vous ne
voulez que faire glorifier sainte Anne *sur la terre
comme au ciel.*

Vos pieux auditeurs se laisseront persuader
qu'une aussi puissante Auxiliatrice a des droits
tout particuliers *à un culte extérieur.* Comme
preuve *palpable* de leur conviction, ils vous re-
mettront une nouvelle et plus généreuse offrande,
qui vous permettra d'achever promptement ce que
vous avez commencé dans des conditions peu
rassurantes. Les moins bien disposés dans le
principe rendent aujourd'hui justice à nos religieuses intentions. Tant il est vrai que l'on n'arrive à faire l'œuvre de Dieu qu'au prix de mille
tribulations, qui se changent en joie et en gloire !

Soyez béni dans toutes vos démarches ! Vous
les avez poursuivies avec un zèle méritoire, qui
ne s'est ni démenti ni ralenti. Celle pour qui vous
avez travaillé s'en montrera reconnaissante envers
tous vos coopérateurs.

Je vous envoie quelques objets de dévotion.

D'autres souvenirs de Rome et du Concile vous
seront adressés ultérieurement. Distribuez-les,
de ma part, dans vos courses *intéressées.* Ces

4

petits présents *entretiendront l'amitié* entre le Pasteur et le troupeau. Désireux de ne pas perdre la vôtre, mon cher Chanoine, je conserverai, pour la consécration de la nouvelle église de Sainte-Anne, le beau cierge, bénit par le Pape, qui me fut donné à Saint-Pierre, le jour de *la Chandeleur.* Pie IX, qui daignait naguère *vous traiter en enfant gâté* et bénir une nouvelle fois votre entreprise, aura ainsi fait les premiers frais d'une cérémonie que nous appelons de tous nos vœux, et pendant laquelle son nom sera prononcé avec amour, vénération et gratitude.

(30 SEPTEMBRE 1870)

NOS TRÈS CHERS FRÈRES,

Que de sentiments divers se partagent Notre cœur, à l'approche du second anniversaire du Couronnement de sainte Anne ! Désireux de donner plus d'éclat à cette solennité, Nous y avions convié, pendant Notre séjour à Rome, un de Nos vénérés collègues, qui professe, comme nous tous, une dévotion filiale envers la Patronne de la Bretagne. Hélas ! les belles fêtes du Concile devaient avoir un triste lendemain. Les événements douloureux qui les ont suivies, arrêtent les élans de notre foi.

L'Église est peut-être à la veille de souffrir de nouvelles persécutions pour la justice et la vérité, dont elle est la gardienne incorruptible. Sa Fille aînée, honteuse d'un abandon qui devait nous porter malheur, expie dans les larmes, le sang, la ruine et l'humiliation, des fautes dont Dieu seul connaît l'étendue et la gravité.

Que notre religion et notre patriotisme se prêtent un mutuel secours dans les calamités publiques

qui nous affligent sans nous abattre. Pénétrés de
la plus juste compassion pour les maux dont
gémit le Père commun des fidèles, portons avec
soumission et dignité le deuil de la France.

Pourquoi faut-il que les prévisions exprimées
dans Notre Lettre en date du 21 août dernier se
soient si promptement réalisées ? Est-il besoin
d'être prophète pour craindre que la justice divine
n'ait pas dit son dernier mot, si même elle a
frappé son plus rude coup, dans la tourmente qui
nous éprouve cruellement? Vainqueurs et vaincus
finiront par reconnaître que la raison du plus
fort n'est pas toujours la meilleure, attendu que
l'iniquité ne prescrit jamais contre le droit. Le
Pape, à qui l'on voudrait arracher, sans trop de
brutalité, les derniers lambeaux de son domaine
temporel, sous prétexte d'une protection hypocrite
et dérisoire, sera le témoin désolé de la fin
misérable de ceux qui l'auront trahi ou délaissé.
Lors même que Celui dont il tient la place ne
nous en aurait pas donné l'assurance, dix-neuf
siècles sont là pour nous empêcher d'en douter.
Espérons encore, pour l'honneur et le repos du
monde catholique, que cette spoliation sacrilège
ne sera pas consommée.

Quoi qu'il arrive, ceux qui auront eu confiance
en Dieu et dans ses saints ne seront pas confondus.
C'est pourquoi Nous venons de nouveau vous
exhorter à mettre le Ciel dans nos intérêts.
L'occasion est favorable. Vous la saisirez avec

empressement. Il y a deux ans, au milieu d'un concours de circonstances mémorables où la foi bretonne fournit la mesure de sa vivacité, il Nous fut donné, au nom de Pie IX, de couronner sainte Anne et Marie. Si les temps sont changés, notre piété traditionnelle n'a rien perdu de sa ferveur. La Mère et la Fille, qui nous savent dans la peine, nous tiendront compte des intentions qui ne peuvent se traduire aujourd'hui par les transports et les démonstrations du 30 septembre 1868.

Préparons-nous donc, Nos très chers Frères, à ce retour de fête. Alors nous pleurions de joie. Si les larmes que nous versons maintenant sur nos désastres, sont amères et brûlantes, puissent-elles produire de doux fruits de pénitence, et nous montrer la profondeur de l'abîme où nous précipitait le poids de plus en plus accablant d'une présomption, d'une mollesse et d'une insouciance énervantes !

Il est temps de sortir de cette torpeur, fatale aux peuples comme aux individus. Notre situation a été sérieusement compromise. Notre salut est entre nos mains. Il faut que le dur châtiment qui nous est infligé, soit une expiation et un enseignement. Au comble de nos splendeurs, qui cachaient tant de misères, nous avions de prétendus amis partout ; le premier souffle de l'adversité a fait le vide autour de nous. Des démarches officielles ou officieuses n'aboutiront

guère qu'à constater l'indifférence des uns et
l'ingratitude des autres. Le secours nous viendra
de plus haut : aussi sera-t-il plus efficace. Quand
et comment Dieu daignera-t-il intervenir en notre
faveur? c'est le secret de sa justice et de sa
miséricorde. Le plus sûr moyen de jouir prompte-
tement d'une paix honorable, c'est de la demander
au souverain Arbitre de nos destinées. Or, pour
arriver facilement à lui, supplions nos saints
protecteurs, particulièrement sainte Anne et la
Vierge bénie entre toutes les femmes, de déposer
au pied dè son trône le tribut de nos cœurs
contrits et humiliés.

Nous n'attendrons pas le 30 septembre pour en
appeler à la bonté de notre Patronne. Ce jour
anniversaire sera spécialement consacré à lui
rendre nos devoirs et à lui exposer nos besoins.
Nous aimons à croire que le clergé et les fidèles
répondront à notre appel. Les membres d'une
famille affligée se complaisent dans un rapprochement qui les fortifie, surtout lorsqu'ils ont la
consolation d'entourer une mère bien aimée dont
ils connaissent le tendre dévouement.

Si les circonstances n'ont pas secondé nos
projets, la Providence y a pourvu. Deux prélats
vénérés nous honoreront de leur présence. Monseigneur Ridel, évêque de Philippopolis, officiera
pontificalement. Monseigneur de Ségur, chanoine
de l'ordre des évêques du chapitre de Saint-Denis,
nous édifiera de sa parole apostolique. Son dis-

cours sera suivi de la bénédiction du petit monument commémoratif du couronnement. Ce travail a été confié à un artiste breton. Monsieur Hernot, sculpteur à Lannion, aura voulu, nous n'en doutons pas, consacrer tout son talent à cette œuvre de piété filiale. Nous sommes heureux de rendre publiquement le même hommage à Monsieur Désury, jeune, bijoutier à Saint-Brieuc, qui ne négligea rien pour la confection des couronnes.

Vivant au jour le jour, Nos très chers Frères, nous n'arrêterons qu'à la dernière heure le programme de cette fête de famille. Il suffit pour le moment de vous en faire connaître le but. Tous ensemble, prosternés au pied de la statue miraculeuse, nous demanderons à Celle qu'elle représente de servir de rempart à l'Église et à la France contre tous les ennemis qui nous menacent, après nous avoir déjà si brutalement frappés.

O bonne Mère, écoutez favorablement nos prières. Servez-nous d'avocate auprès de votre Fille, dont nous sommes aussi les enfants. Marie parlera de nous à Jésus. Notre cause sera gagnée. Il se fera un grand calme, après la tempête que nous essuyons. Il nous restera le soin pieux d'ensevelir nos morts avec l'honneur dû à leur martyre. Ensuite nous réparerons nos ruines, pour reprendre avec courage et plus de fidélité notre œuvre de propagande et de civilisation...

Sainte Anne, *mère des veuves et des orphelins, délivrance des captifs, santé des malades, l'aide de tous ceux qui ont recours à vous*, intercédez pour nous. Procurez le repos éternel aux âmes de ces vaillants guerriers qui sont morts ou qui mourront héroïquement pour la Patrie. Protégez leurs dignes compagnons d'armes. Qu'ils combattent avec la même loyauté, et qu'ils les vengent d'un ennemi sans pudeur et sans pitié. Sainte Anne, épargnez-nous les horreurs de luttes intestines, plus redoutables et plus funestes mille fois que les guerres les plus inhumaines. Inspirez-nous la résignation et l'humilité chrétiennes, le courage et toutes les vertus civiques. *Gloire des prêtres et des lévites*, montrez-leur la voie royale de la croix, la seule qui conduise à la conquête des âmes : *Qu'ils soient un* avec ceux qui ont la lourde charge de les conduire, *simples comme la colombe, prudents comme le serpent ;* qu'ils se fassent *tout à tous*, pour gagner chacun à Jésus-Christ. Sainte Anne, *nuée lumineuse*, éclairez le premier Pasteur de votre diocèse d'adoption. Vous n'ignorez ni ses nécessités, ni ses désirs. Il a mis en vous, après Dieu et sa sainte Mère, son espérance... Priez pour lui... Bénissez le Pasteur et le troupeau.

VII. — PÈLERINAGE SOLENNEL, AU NOM DE TOUS LES SOLDATS, MOBILES ET MOBILISÉS DU MORBIHAN

(19 DÉCEMBRE 1870)

MESSIEURS ET CHERS COOPÉRATEURS,

Le cœur des pères et des mères, toujours si plein de sollicitude pour leurs enfants, subit une torture cruelle au sein de l'affreux carnage dont nous sommes les témoins désolés. Vous ne serez point étonnés de la touchante communication que je viens vous faire. Aussi bien, vous avez partagé, comme moi, depuis le commencement de la guerre, les tristes appréhensions de toutes les familles françaises. Le sacerdoce est une paternité. Parce qu'elle prend sa source dans des régions supérieures aux affinités de la nature, elle n'étouffe pas le cri du sang et sait compatir aux angoisses qui lui sont connues.

Cette persuasion, qui nous honore, Messieurs et chers Coopérateurs, a conduit vers moi des pères et des mères justement inquiets du sort réservé aux généreux défenseurs qu'ils ont fournis à la Patrie. Leur démarche, dont je demeure ému, avait pour but de chercher protection et courage. Pouvaient-ils être mieux inspirés? Ils

m'ont demandé d'exposer tous ensemble à sainte
Anne nos besoins, nos craintes et notre confiance,
de faire un vœu et d'en perpétuer le souvenir par
une offrande.

Connaissant ma piété filiale envers notre Patronne, vous devinez aisément quel accueil j'ai
fait à ces pieux desseins. Pour que le diocèse
entier pût participer à cette manifestation salutaire, je devais m'entendre avec vous et dire
à chacun ce qui me parait réalisable dans un bref
délai. Le temps presse. La barbarie menace les
provinces reculées de notre territoire ; elle aura
multiplié ses attentats et ses victimes avant que
cette Lettre vous parvienne. Prions et agissons
avec la même rapidité.

J'ai annoncé ce soir, à la cathédrale, que *le
19 de ce mois*, un pèlerinage solennel serait fait
à Sainte-Anne, au nom de tous nos chers soldats,
mobiles et mobilisés. Votre Évêque s'est réservé
la consolation d'y célébrer la sainte messe, *à neuf
heures*, assisté des prêtres et des fidèles qui auront
pu se joindre à lui. Sans aucun doute, malgré la
rigueur de la saison et toutes les difficultés présentes, le nombre des pèlerins sera considérable.
Il s'agissait de procurer aux absents les mêmes
grâces, sinon les mêmes jouissances. Voici ce que
j'ai jugé opportun de proposer à cet effet. *Au jour
et à l'heure indiqués plus haut*, une messe sera
dite, sauf empêchement imprévu, dans toutes les
églises et communautés du diocèse, à l'intention

de ceux qui ont combattu ou qui sont morts pour
la France pendant cette horrible invasion. J'ose
conseiller une nouvelle quête, dont le produit,
envoyé promptement à l'Évêché, recevra trois
destinations.

1º Une offrande de circonstance à sainte Anne ;

2º Un secours à nos soldats blessés ou pri-
sonniers en Allemagne ;

3º La fondation d'une messe anniversaire, aux
intentions de toutes les personnes qui auront
pris part, de près ou de loin, au pèlerinage du
19 Décembre 1870. Le nom des paroisses et des
communautés qui s'associeront à nous intentionnellement, sera conservé dans un registre
particulier. Les familles et les personnes qui
voudraient s'y faire inscrire séparément, n'auraient qu'à manifester ce désir.

Il me semble, Messieurs et chers Coopérateurs,
que cette union de prières et de bonnes œuvres
sauvegardera merveilleusement tous les intérêts
qui nous sont chers et que nous voyons si malheu-
reusement compromis. Sainte Anne ne restera
point insensible aux gémissements des pères,
des mères, des épouses, des enfants, des sœurs,
des frères qui l'invoqueront avec la même foi et
la même espérance. En mémoire de ce religieux
événement, une lampe spéciale brûlera désormais
devant la Statue miraculeuse. Quel autre objet
de dévotion symboliserait aussi parfaitement la
vigilance, l'amour et le dévouement des pères

et des mères qui m'ont confié aujourd'hui leur anxiété douloureuse ! Si Dieu, dans ses vues impénétrables, permettait qu'ils fussent éprouvés jusqu'au sang, ils se résigneraient moins difficilement à ce dernier sacrifice, après avoir tout fait pour retrouver, au moins dans un monde meilleur, les êtres chéris qui leur auraient été ravis prématurément. Au contraire, en supposant que, le Ciel mettant fin à nos alarmes, *notre tristesse se change bientôt en joie*, nous conduirons aux pieds de notre puissante Protectrice nos jeunes guerriers victorieux. Pour fêter cet heureux retour, nous chanterons avec plus de confiance et de gratitude que jamais : *Sainte Anne, auxiliatrice de tous ceux qui crient vers vous, priez pour nous*, maintenant et à l'heure de notre mort. Ainsi soit-il.

P. S. — Bonne nouvelle ! Nous venons de recevoir la visite de Nosseigneurs Guilloux, Ridel et de Ségur. Ces trois vénérables Prélats ont bien voulu Nous promettre de nous honorer de leur présence le 19 de ce mois. L'archevêque élu de Port-au-Prince portera la parole.

VIII. — CONFIRMATION DE L'ÉRECTION CANONIQUE DE LA CONFRÉRIE DE SAINTE ANNE, ÉRECTION DE CETTE CONFRÉRIE EN ARCHICONFRÉRIE POUR LA FRANCE ET SES COLONIES, ET INAUGURATION DE LA NOUVELLE SCALA-SANCTA

(7 MARS 1872)

NOS TRÈS CHERS FRÈRES,

Nous avons le projet de vous procurer ultérieurement le tableau de toutes les indulgences dont les Souverains Pontifes ont enrichi le sanctuaire de Sainte-Anne. L'occasion se présente aujourd'hui de vous édifier particulièrement sur quelques-unes de ces concessions insignes, dont vous reconnaitrez l'excellence.

Le 14 mai 1870, profitant d'une audience dont Pie IX daigna Nous favoriser au sortir d'une congrégation conciliaire, Nous soumimes à la signature de Sa Sainteté plusieurs suppliques importantes. Elles furent parfaitement accueillies. Les archives des plus célèbres pèlerinages ne possèdent pas beaucoup de papiers authentiques de la valeur de ceux dont Nous allons mettre sous vos yeux la copie textuelle.

I

« Très saint Père,

» La Confrérie de Sainte-Anne, dans le diocèse
de Vannes, en France, canoniquement érigée par
Urbain VIII, en vertu d'une Bulle du 22 septembre
1638, confirmée par Alexandre VII, en septembre
1660, et par Benoit XIV, en janvier 1747, désireuse
de propager le culte et de rehausser l'éclat du
Pèlerinage de Sainte-Anne :

» 1° Supplie humblement Votre Sainteté de confirmer son érection et la concession des faveurs
spirituelles, dont elle a été antérieurement en-
richie par les Pontifes Romains, savoir : l'indulgence plénière accordée aux membres de la
Confrérie, pour les jours de l'admission, de la fête
de sainte Anne, à l'article de la mort, pour les
fêtes de saint Yves, de saint Louis, roi de France,
de la Translation des reliques de saint Vincent
Ferrier, de saint Michel, de Noël, de l'Immaculée
Conception, de la Nativité de la sainte Vierge,
de saint Joachim et pour le quatrième dimanche
de chaque mois.

(Par concession d'Urbain VIII, 22 sept. 1638, —
de Benoit XIV, 11 janv. 1747, — de Clément XIV,
20 nov. 1769) ;

» 2° La même Confrérie, éprouvant un vif désir de contribuer plus puissamment au bien spirituel des âmes et de se mettre plus spécialement sous l'auguste protection de Votre Sainteté, sollicite instamment la faveur d'être érigée en Archiconfrérie, *pro Diœcesi*, et d'avoir part aux grâces et privilèges réservés aux archiconfréries, et aux autres concessions dont Votre Sainteté daignera l'enrichir.

    » † JEAN-MARIE, *Év. de Vannes.*

 » *Die 14 Maii 1870.*

 » *Annuimus juxta petita in forma Ecclesiæ consueta.*

     » *PIUS PP. IX.* »

II

  « Très saint Père,

 » Il existe, depuis des siècles, au Pèlerinage de Sainte-Anne, *près Auray*, au diocèse de Vannes, un monument dit *Scala-Sancta.* Je m'occupe, en ce moment, de le restaurer et de le transporter dans le lieu dit le *Champ de l'épine.*

 » Humblement prosterné à Vos pieds, que je baise avec amour et gratitude, j'ose supplier Votre Béatitude d'accorder aux nombreux pèlerins qui

monteront cet escalier saint, à genoux, le cœur
contrit, en priant ou en méditant sur la Passion
de Notre-Seigneur, les indulgences attachées à la
Scala-Sancta de Rome.

    » † JEAN-MARIE, *Év. de Vannes.*

    » *Die 14 Maii 1870.*

    » *Pro gratia, servatis omnibus in casu ser-
vandis.*
    » *PIUS PP. IX.* »

III

    « TRÈS SAINT PÈRE,

    » Après avoir couronné sainte Anne, patronne
de la Bretagne, daignez accorder la bénédiction
apostolique à toutes les personnes qui contribuent
à la construction de l'église que notre piété filiale
se fait un devoir d'élever en l'honneur de cette
puissante Protectrice.

    » Monsieur le chanoine Guillouzo mérite une
mention particulière. Le suffrage de Votre Sainteté soutiendrait son zèle et récompenserait son
dévouement.

    » † JEAN-MARIE, *Év. de Vannes.*

« *Die 14 Maii 1870.*

» *Fiat ut petitur, servatis servandis.*

» *PIUS PP. IX.* »

IV

Dans une audience précédente, le 22 février 1870, Nous avions obtenu deux autres grâces pour le même pèlerinage.

Nous fûmes autorisé verbalement à donner solennellement la bénédiction apostolique aux pèlerins, lorsque Nous présiderions les principales cérémonies du pèlerinage. A ce propos, le Pape Nous ordonna de n'user de cette autorisation que *deux* ou *trois* fois chaque année.

Un habit de chœur spécial fut accordé pour Messieurs les Chapelains. La pièce suivante en fait foi :

TRÈS SAINT PÈRE,

Très humblement prosterné à Vos pieds, moi, Jean-Marie Bécel, Év. de Vannes, je supplie Votre Sainteté de daigner accorder aux chapelains de Sainte-Anne, *près Auray*, une mosette noire, avec accessoires violets, et une croix qu'ils porteront suspendue au cou par un ruban violet,

sur laquelle seront peintes les images bénies de
sainte Anne et de notre bien-aimé Père Pie IX.

† JEAN-MARIE, *Év. de Vannes.*

« *Die 14 Maii 1870.*

» *Annuimus juxta petita.*

» *PIUS PP. IX.* »

V

Toutes ces générosités Nous pénétrèrent de la
plus vive gratitude. Cependant Nos vœux n'étaient
pas exaucés au sujet de l'archiconfrérie men-
tionnée plus haut. Le Saint Père avait pris la
peine d'ajouter à Notre supplique : *Pro diœcesi.*
Nous conservâmes l'espoir d'une prochaine
extension. Elle ne s'est pas fait attendre, et elle
comprend *la France et ses colonies,* en vertu d'un
Bref du 30 janvier 1872, dont le texte servira
d'appendice à Notre Mandement. Nous désirions
vivement que notre religieuse propagande em-
brassât le monde entier. Il Nous a été répondu
qu'il existe à Rome une archiconfrérie en l'honneur
de sainte Anne, ayant ce but et répondant à ces
besoins. Nous ne pourrions insister sans indis-
crétion. Notre dévotion doit se montrer satisfaite

et demeurer sans scrupules. J'aime à croire qu'elle
ne négligera point les avantages spirituels qui lui
sont offerts, et qui ressortiront plus clairement
de Nos conclusions et ordonnances.

A ces Causes,

Après en avoir conféré avec Nos vénérables
Frères les Chanoines et Chapitre de Notre église
cathédrale, le saint nom de Dieu invoqué, Nous
avons statué et statuons ce qui suit :

I. — En ce qui concerne la Confrérie et l'Archiconfrérie de sainte Anne

ARTICLE PREMIER

Le rescrit, en date du 14 mai 1870, et le bref,
en date du 30 janvier 1872, relatifs à la Confrérie
et à l'Archiconfrérie de sainte Anne sont publiés
officiellement dans Notre diocèse.

ARTICLE 2

La pieuse Association pour les fidèles de l'un et
l'autre sexe, érigée au XVIIe siècle, sous le titre
de Confrérie de sainte Anne, dans la chapelle du
pèlerinage de ce nom, au diocèse de Vannes,
demeure confirmée canoniquement dans la nouvelle église.

ARTICLE 3

Sont nommés : directeur de cette Association,
M. le Supérieur du pèlerinage, et sous-directeur,
M. le premier Chapelain.

ARTICLE 4

Le but de cette Association est :

1° D'étendre le culte de sainte Anne.

2° De combattre l'impiété de notre époque, qui
nie tout l'ordre surnaturel.

3° D'attirer la protection de sainte Anne sur
l'Église et son chef, sur la France et ses pasteurs,
sur le clergé et les fidèles.

4° De solliciter, par l'intercession de la Patronne
de notre Bretagne, la conservation de la foi et de
l'esprit chrétien dans nos contrées.

5° De remercier notre bonne Mère sainte Anne
des grâces spirituelles et temporelles qu'elle a
obtenues à ses enfants, et de lui en demander la
continuation, maintenant et à l'heure de la mort,
bien persuadés que nous n'aurons pas en vain
recours à elle jusqu'à la fin de la crise religieuse
et sociale que nous traversons si péniblement.

ARTICLE 5

Les avantages de l'Association sont :

1° De pouvoir gagner les nombreuses indulgences accordées par plusieurs Papes et con-

firmées par Pie IX dans son rescrit précité, en date du 14 mai 1870.

2° D'avoir part aux prières publiques récitées tous les jours, dans l'église du pèlerinage, à la fin de la première et de la dernière messe.

3° De participer aux intentions de deux messes qui seront célébrées solennellement chaque année, au siège de l'Association, l'une, le jour de la fête de saint Joachim, pour les associés vivants, l'autre, le lendemain, pour les associés défunts.

4° De bénéficier des bonnes œuvres et des prières des associés.

ARTICLE 6

Les conditions d'admission sont :

1° De se faire inscrire sur le registre de la Confrérie.

2° De réciter une fois par jour, aux intentions de la Confrérie, un *Ave Maria*, suivi de l'invocation : *Sainte Anne, priez pour nous.* Les associés seront invités à porter la médaille de sainte Anne.

ARTICLE 7

Tous les fidèles, hommes et femmes, peuvent entrer dans l'Association. Les enfants eux-mêmes, ayant atteint l'âge de raison, y seront admis.

ARTICLE 8

Des lettres d'affiliation seront accordées aux pieuses associations qui en feront la demande.

ARTICLE 9

Les fêtes de l'Association sont :

1° Le jour de l'ouverture du pèlerinage, anniversaire de la découverte de la Statue miraculeuse, 7 mars ;

2° La fête de saint Joseph, 19 mars ;

3° La fête de saint Joachim, *fête principale de l'Archiconfrérie* ;

4° La fête de sainte Anne, 26 juillet ;

5° La fête de la Nativité de la sainte Vierge, 8 septembre ;

6° L'Anniversaire du couronnement de sainte Anne, 30 septembre, clôture du pèlerinage.

II. — En ce qui concerne la Scala-Sancta

ARTICLE PREMIER

Le rescrit, en date du 14 mai 1870, relatif au monument, dit *Scala-Sancta*, transporté au lieu appelé le *Champ de l'épine*, à Sainte-Anne, près Auray, est publié officiellement dans Notre diocèse.

ARTICLE 2

L'inauguration de ce monument aura lieu le 7 mars prochain.

ARTICLE 3

Les personnes qui graviront cet escalier saint, avec les dispositions requises, en priant ou en méditant sur la Passion de Notre-Seigneur Jésus-Christ, gagneront *neuf années d'indulgences pour chacune des marches.* — Ces indulgences sont applicables aux âmes du Purgatoire.

ARTICLE 4

Les pieux pèlerins devront gravir à *genoux* cet escalier *(côté nord du monument).* Ils descendront de l'autre côté *(au sud du monument).*

ARTICLE 5

Au haut de l'escalier saint, se trouvera une colonne en marbre dans laquelle Nous ferons incruster une parcelle de *la colonne de la Flagellation de Notre Seigneur Jésus-Christ.* Nous accordons une indulgence de 40 jours aux pèlerins qui baiseront avec dévotion et contrition cette sainte relique.

(15 SEPTEMBRE 1872)

NOS TRÈS CHERS FRÈRES,

Nous espérions être en mesure de vous convier vers la fin de ce mois à la consécration de la nouvelle église du pèlerinage de Sainte-Anne. Notre vénérable Métropolitain avait bien voulu promettre de présider cette cérémonie, entouré de ses suffragants et de plusieurs autres Évêques. S'il plait à Dieu, cette solennité nous réunira l'année prochaine aux pieds de notre Patronne.

En attendant, Nous vous donnons rendez-vous à Sainte-Anne le 15 septembre prochain.

Cette réunion aura un double but.

Les travaux de la nouvelle église seront assez avancés pour qu'elle soit entièrement ouverte aux pèlerins. Toutes les verrières seront posées. Nous devrons nous contenter d'autels provisoires. C'est une des raisons qui motivent l'ajournement de la consécration.

Monseigneur l'Archevêque d'Avignon, qui eut la première pensée de cette construction et qui fournit les premiers secours, se réjouit de nous apporter sa bénédiction. Sa Grandeur avait des droits particuliers à l'invitation qu'Elle a daigné accepter avec un empressement qui ne vous laissera point insensibles.

Le même jour aura lieu l'inauguration d'une lampe monumentale, qui portera cette inscription :

VOEU DU 19 DÉCEMBRE 1870

La Bretagne reconnaissante et confiante

Pendant la guerre de la France contre la Prusse, des pères et des mères de famille vinrent Nous demander de faire un vœu à sainte Anne, dans l'espoir d'obtenir, par l'intercession de cette bonne Mère, protection pour leurs fils et préservation pour la Bretagne. A part de douloureux sacrifices, auxquels nous avons tous compati, nous devons proclamer, avec gratitude pour le passé et espérance pour l'avenir, que nos prières furent entendues. Nos braves soldats, mobiles et mobilisés, ont été, pour la plupart, rendus à leurs familles, et l'invasion s'est arrêtée à nos portes.

Aussi, Nos très chers Frères, Nous tardait-il de présenter à notre puissante Protectrice l'ex-voto qui témoignera de notre piété filiale, sans acquitter notre dette.

Vannes, le 27 Novembre 1872.

MESSIEURS LES DÉPUTÉS,

La Bretagne, représentée par ses Évêques et
par un immense concours de prêtres et de fidèles,
se propose d'aller, le 8 décembre prochain, se
prosterner aux pieds de sa Patronne, pour lui
recommander publiquement et instamment les
intérêts sacrés que vous êtes chargés de défendre
à l'Assemblée nationale. Cet acte de foi et d'espérance nous a été inspiré par notre religion et notre
patriotisme. La politique y demeurera étrangère.
Il vous sera facile de vous en convaincre, si vous
jugez à propos de jeter un coup d'œil sur la lettre
circulaire ci-jointe, que j'ai écrite au Clergé de
mon diocèse.

Je ne serais pas le seul à m'estimer heureux,
Messieurs les Députés, que vos travaux législatifs
permissent à quelques-uns d'entre vous de rehausser de leur présence ce pèlerinage national.

Quelles que soient les résolutions que vous
trouverez bon de prendre à cet effet, vous aviez
des droits particuliers à l'invitation que je me fais

un devoir de vous adresser. J'en ai eu la pensée
au sanctuaire même de Sainte-Anne, où j'ai offert
ce matin, à votre intention, pour les besoins de
l'Église et de la France, le saint Sacrifice de la
Messe.

Veuillez, Messieurs les Députés, voir dans ma
démarche l'expression des sentiments de respect,
de confiance et d'estime avec lesquels j'ai l'honneur d'être,

Votre très humble serviteur,

† JEAN-MARIE, *Év. de Vannes.*

Réponse à la lettre précédente

Assemblée nationale.

MONSEIGNEUR,

Nous avons reçu la lettre que Votre Grandeur
nous a fait l'honneur de nous adresser. Nous vous
remercions d'avoir senti combien il nous sera
pénible de manquer au rendez-vous des catholiques bretons dans le sanctuaire de la Patronne
de la Bretagne. Qui plus que nous a besoin de sa

protection, et qui eût joint sa prière avec plus de
ferveur à celles dont nos religieuses populations
ont tenu à nous donner l'assistance? Retenus ici
par un devoir plus impérieux que jamais, nous
avons voulu au moins être représentés à cette
touchante cérémonie par une bannière offerte par
nous à sainte Anne, et qui restera au pèlerinage,
comme un hommage de notre foi, comme un
symbole de notre union et de notre communauté
de sentiments avec la pieuse et fidèle province
dont nous tenons à si grand honneur d'être les
mandataires.

Veuillez, Monseigneur, être notre interprète
auprès du Clergé breton et de la grande famille
bretonne, au milieu desquels nous voudrions être
dimanche autrement que par le cœur et la pensée,
et nous permettre d'ajouter à l'expression de ce
regret celle de nos sentiments les plus respectueux.

Versailles, 5 décembre 1872.

E. de la Rochette,	Lallié,
Bidard,	Chéguillaume,
Gal du Temple,	H. de Saisy,
Cte de Cornulier Lucinière,	Gal de Cissey,
Dézanneau,	A. de la Borderie,
de Keridec,	de Champagny,
A. Fresneau,	Dahirel,
Flaud,	De Pioger,
Audren de Kerdrel,	Ponthier de Chamaillard,

Cte Ginoux de Fermon,
de Fleuriot,
Babin Chevaye,
Doré Graslin,
Martin, d'Auray,
de la Pervenchère,
Huon de Penanster,
Cte de Legge,
Dumarnay,
de Kergariou,
Cte de Cintré,
Mis de Gouvello,
Monjaret de Kerjégu,

Vte de Forsanz,
J. Jaffré,
Vte de Kermenguy,
Rioust de Largentais,
Vte de Tréveneuc,
Cte de Tréveneuc,
Cte G. de Juigné,
Vte de Lorgeril,
Cte H. de Boisboissel.
Cte de la Monneraye,
J.-M. Allenou,
E. Carron,
Gal Loysel.

(8 DÉCEMBRE 1872)

MESSIEURS ET CHERS COOPÉRATEURS,

Réjouissons-nous dans le Seigneur de la manifestation catholique dont notre diocèse sera prochainement favorisé. La Bretagne a résolu de venir s'agenouiller, le 8 décembre prochain, aux pieds de la grande Sainte qui jouit sur la terre du glorieux privilège de servir de temple vivant à l'Immaculée Conception. Dieu soit loué! Dans sa miséricordieuse bonté, il a voulu que toute une province s'empressât de faire amende honorable, d'une manière éclatante, pour les propos impies et blasphématoires dont l'auguste Aïeule du Verbe incarné a été dernièrement l'objet de la part d'un journaliste sans pudeur. C'est ainsi que les vrais chrétiens aiment à se venger, lors même qu'ils se sont sentis blessés dans leurs plus intimes affections.

Mais d'où vient ce mouvement extraordinaire à cette époque de l'année? Quel but se proposent ceux qui l'ont imprimé spontanément, n'écoutant que leur foi... Je me trompe, Messieurs! Leur

patriotisme n'est point étranger à cette religieuse
entreprise. Vous en demeurerez convaincus, après
avoir entendu les explications que vous portera
cette Lettre.

I

Sept cent huit matelots, levés dans la circons-
cription maritime de Vannes, pour la guerre
contre la Prusse, se mirent sous la protection de
sainte Anne, avant de marcher à l'ennemi. A quoi
bon ajouter qu'ils firent leur devoir sans peur et
sans reproche ? Du reste, pendant cette campagne désastreuse, notre marine rendit partout
des services signalés. L'histoire les inscrira dans
ses annales en caractères ineffaçables. Nous
pouvons dire avec fierté que nos marins Morbi-
hannais ont bien mérité de la patrie. Forts de
l'assistance de leur Patronne, ils bravèrent tous
les dangers, sans trouver la mort sur les champs
de bataille, où ils montrèrent une remarquable
intrépidité. Deux seulement furent blessés..

A leur retour, ils eurent à cœur de perpétuer le
souvenir de leur reconnaissance envers leur puissante Auxiliatrice. Un tableau représentant cet
épisode de nos malheurs fut commandé à un artiste distingué. Il ne s'agissait plus que de fixer
le jour propice pour porter à destination cet *ex-
voto*. Désireux de donner plus de solennité à cette

édifiante cérémonie, Monsieur le commissaire de l'inscription maritime dut prendre les ordres de son chef, dont il connaissait les excellentes dispositions. Sa démarche fut accueillie avec une parfaite bienveillance : il reçut par surcroît une promesse à laquelle j'attache le plus grand prix.

Pendant ces négociations, quelques-uns de nos voisins témoignèrent, paraît-il, à leur premier Pasteur le désir d'aller à Lourdes. Si mes renseignements sont exacts, il leur fut répondu que, la saison trop avancée ne se prêtant pas à l'accomplissement de ce pieux dessein, il était facile de s'en dédommager à Sainte-Anne.

C'était une idée digne d'un Évêque Breton. Cette ouverture, portée de bouche en bouche ou, pour mieux dire, de cœur à cœur, me parvint. Comment exprimerais-je toute la joie que j'en ressentis !

A quelques jours de là, il me fut dit que, dans les principales villes de Bretagne, les membres des comités catholiques se proposaient de prendre part à ce pèlerinage, et d'y conduire autant de monde que les circonstances le permettraient.

Ce fut alors que, par déférence pour mes vénérables collègues et dans l'espoir d'arriver à un résultat plus consolant, je me mis en devoir d'écrire à Rennes, à Saint-Brieuc, à Quimper et à Nantes, comptant avec assurance sur l'approbation et la bénédiction de NN. SS. les Évêques de ces différents diocèses. Je ne m'étais pas trompé. Leurs Grandeurs ont daigné promettre leurs hautes recommandations, tout en exprimant la crainte et le regret de ne pouvoir honorer de leur présence cette fête de famille. Cependant mon vénéré Métropolitain la présidera, si sa santé, qui nous est si précieuse, ne s'y oppose pas. Jugez, Messieurs et chers Coopérateurs, de mon contentement par la satisfaction que vous éprouvez vous-mêmes de ces communications inattendues !

II

Mais, diront sans doute des âmes pusillanimes et apathiques, vos intentions ne seront-elles point méconnues ? N'occasionnerez-vous point, ici ou là, des émotions regrettables ? N'est-ce point vous exposer à des embarras, à des critiques, à des déceptions ? Que sais-je ?

Voici ma réponse :

J'ose affirmer que les nombreux pèlerins qui accepteront notre rendez-vous, n'auront d'autre préoccupation que d'honorer sainte Anne, de la remercier, de réclamer son appui, d'obtenir, par son entremise, le salut de la France et le triomphe de l'Église. Ceux qui auraient la témérité de nous prêter des vues trop humaines, nous calomnie-raient une fois de plus. Aucun discours suspect ne sera tenu en cette rencontre. Personne ne

portera d'emblèmes compromettants. Nos croix
et nos bannières, nos saints et nos reliques, nos
chants et nos prières seront le symbole purement
religieux de nos convictions et de nos espérances.
Si quelqu'un des nôtres s'écartait de ce projet,
qui, en vérité, n'a rien d'inquiétant, il serait donc
désavoué d'avance.

Après ces déclarations loyales, faites sans ar-
rière-pensée, pourquoi prendrions-nous souci de
suppositions gratuites et d'interprétations mal-
veillantes? Quant aux moqueries et aux outrages
d'une presse licencieuse qui nous a accoutumés à
ses basses persécutions, nous ne les provoquerons
jamais, nous nous en honorerons toujours. Grâce
au Ciel, le respect humain et les faux calculs d'un
naturalisme incrédule et stérile n'ont pas encore
paralysé les généreuses inspirations du peuple
breton. Il est vrai, hélas! qu'une propagande
audacieuse, à qui tous les moyens de succès sont
bons, s'en prend chaque jour, jusqu'au fond de
nos campagnes, à notre foi, à nos mœurs, à nos
coutumes... Raison de plus pour que nous don-
nions l'exemple du courage chrétien, en reven-
diquant la liberté de la prière publique. A ce point
de vue, la journée que nous appelons de tous nos
vœux, portera ses fruits de sanctification, quelles
que puissent être les difficultés d'organisation,
l'inclémence du temps, les récriminations de parti
pris, les accusations passionnées, qu'il faut pré-
voir, sans trop les redouter.

III

O sainte Anne, vous connaissez l'ardeur et
la constance de notre piété filiale : ayez pour
agréables les sentiments de vénération et d'amour
qui pénètrent nos cœurs pleins d'angoisses. Nous
vous les présenterons dans quelques semaines,
au nom de votre pays d'adoption. Sollicitez pour
nous les grâces de conversion sans lesquelles la
colère céleste s'appesantira de nouveau sur notre
patrie en deuil et couverte de ruines. Bonne Mère,
vos enfants les plus dévoués vous supplient de
vous interposer en notre faveur auprès de votre
Fille immaculée, pour qu'Elle même se charge
de plaider devant son Fils les circonstances atté-
nuantes de nos iniquités nationales. Considérant
cette double intervention maternelle, Jésus se
laissera toucher. Il sauvera la France. Puisse-
t-elle ouvrir enfin les yeux à *la vraie lumière qui
éclaire tout homme venant en ce monde !* Puissent
ceux qui président à ses destinées, se rappeler sa
mission providentielle, les conditions de son indépendance, de sa prospérité et les obligations
rigoureuses qui en résultent pour eux personnellement. Ils faciliteraient ainsi le compte redoutable qu'ils auront à rendre à Dieu et aux hommes
de leur administration. Cet heureux acheminement
à notre régénération politique et sociale serait

le gage et le signe certain d'un apaisement si longtemps désiré. Sous vos auspices, ô douce Protectrice, les bons, par leur union, leur zèle, leur désintéressement et toutes les vertus civiques dont ils sont capables, recouvreront la force et le prestige qu'ils ont perdus dans la mésintelligence, l'indolence et l'égoïsme. Bon gré mal gré, les méchants reconnaîtront leur infériorité relative et leur impuissance absolue contre le droit et la vérité. Il ne dépendra pas de nous que ces pauvres frères ennemis n'acceptent la paix, sans autre condition que l'ordre dans la justice et la charité mutuelles.

Animés d'une ferme confiance, fondée sur le crédit dont vous jouissez au ciel, et sur votre tendre compassion pour les pauvres habitants de cette terre d'exil, particulièrement pour vos dévots serviteurs, nous vous adresserons, avec une humble persévérance, ces deux invocations, qui renferment l'expression de nos trop justes alarmes :

Sainte Anne, *Rempart de l'Église*, priez pour nous !

Sainte Anne, *Auxiliatrice débonnaire de tous ceux qui jettent vers vous leurs cris de détresse*, intercédez pour nous, maintenant et à l'heure des périls imminents qui nous effraient sans nous abattre. Ainsi soit-il !

XII. — SACRE DE MONSEIGNEUR HILLION

(8 FÉVRIER 1874)

NOS TRÈS CHERS FRÈRES,

Il Nous tardait de vous annoncer officiellement
l'imposante cérémonie qui s'accomplira le dimanche, 8 février prochain, dans la chapelle du
pèlerinage de Sainte-Anne. Monseigneur Hillion
y recevra la consécration épiscopale des mains de
Notre bien-aimé Métropolitain (1). Nos vénérés
Collègues de Nantes et de Quimper, le Très
Révérend Père Abbé de la Trappe de Thymadeuc,
plusieurs autres dignitaires ecclésiastiques, tant
réguliers que séculiers, d'éminents fonctionnaires
et, Nous l'espérons, un grand nombre de prêtres
et de fidèles, rehausseront de leur présence cette
fête de famille. Chacun voudra prendre sa part de
l'honneur fait à notre diocèse, de la joie qui nous
en revient, des espérances que cette élection nous
permet de concevoir. Nous aimerons tous à
solliciter, par la puissante intercession de notre
Patronne, des grâces de choix, d'abondantes
bénédictions pour l'Ange que la Bretagne est fière

(1) En l'absence de Monseigneur Saint-Marc, Nous eûmes l'honneur
de présider cette cérémonie.

de préposer, par l'autorité du Saint-Siège, à la garde et au gouvernement de la jeune Église du Cap-Haïtien. Heureux le troupeau auquel un tel Pasteur est envoyé du Ciel! Heureux aussi l'Apôtre zélé, qui, touché du triste sort de ces populations lointaines, *assises dans les ténèbres et dans l'ombre de la mort* (1), suivit avec une abnégation méritoire sa sublime vocation! Sans rechercher *le centuple* promis à *quiconque aban-donnera, pour le nom de Jésus, ou sa maison ou ses frères ou ses sœurs, ou sa mère ou son père* (2), il ne résista pas à la voix secrète qui lui répétait, et la nuit et le jour : *Tous ceux qui invoqueront le nom du Seigneur seront sauvés.* Mais comment ces pauvres Haïtiens *l'invoqueront-t-ils, s'ils ne croient pas en lui? Et comment croiront-ils en lui, s'ils n'en ont point entendu parler? Et comment en entendront-ils parler, si personne ne les prêche? Et comment les prêchera-t-on, si on n'est pas envoyé? selon qu'il est écrit : Qu'ils sont beaux les pieds de ceux qui annoncent l'Évangile de la paix, qui annoncent les vrais biens* (3)!

Nos très chers Frères, ne pouvant plus douter des desseins miséricordieux de la divine Provi-dence à l'égard de Notre ancien Fils, devenu Notre Frère, comment Nous plaindre encore d'une séparation où Nous voyons un gage certain et un

(1) S. Luc, I, 79. — (2) S. Matt., XIX, 29. — (3) Rom., X, 13, 14, 15.

moyen efficace de sanctification pour des milliers d'âmes rachetées du sang de Jésus-Christ!

Le sanctuaire béni où va bientôt s'opérer la mystérieuse transformation sacerdotale dont il s'agit, conservera le parfum de cette onction sainte. Ce sera une date à jamais mémorable et peut-être unique dans les annales du célèbre pèlerinage.

Faveur enviable! Elle vous était due, cher Seigneur... Vous n'hésitâtes point à répondre à Notre appel, lorsque, connaissant votre dévouement et toutes les qualités qui vous distinguent, Nous vous donnâmes une preuve d'estime et de confiance, en vous chargeant d'un ministère aussi délicat qu'important. Après avoir travaillé, sous la protection de sainte Anne, à l'éducation de notre jeunesse cléricale, vous pouviez réclamer ce que Nous vous avons offert de si grand cœur. Mieux servi que Nous, sous ce rapport, par les circonstances, vous inaugurerez, pour ainsi dire, et très solennellement, en y recevant la plénitude du sacerdoce, ce temple magnifique, œuvre prodigieuse de la piété filiale des évêques, des prêtres et des fidèles de cette catholique et généreuse province...

Mais Nos très chers Frères, il ne faut pas qu'un regret trop naturel Nous fasse soupçonner d'ingratitude. Nous conserverons toute Notre vie le précieux souvenir des gracieuses attentions qui Nous furent prodiguées, à Paris, le 25 juillet 1866,

par le respectable curé de Notre-Dame des
Victoires et par tout le clergé de cette église,
connue du monde entier, depuis qu'elle est
devenue le siège d'une archiconfrérie à laquelle
des millions de pécheurs devront leur conversion
et leur salut. Si, le jour de Notre sacre, Nous
fûmes privé de la consolation de Nous prosterner
devant l'image de sainte Anne, sa Fille immaculée
daigna, Nous avons besoin de le croire, agréer
Nos hommages et les prémices de Notre épiscopat.
En ce temps-là, d'ailleurs, le louable projet
d'élever à la Protectrice de notre pays une
demeure plus digne de sa charité et de notre foi
n'était point exécuté. Cette entreprise considérable
Nous causait même de graves inquiétudes. Elles
se sont dissipées, grâce à l'industrieuse et persévérante activité d'un auxiliaire incomparable, dont
le dévouement égale l'attachement que Nous lui
portons. Si Notre vœu est exaucé, Nos restes
mortels reposeront en paix, tout près des siens,
sous une des dalles les moins éloignées de la
Statue miraculeuse. Des milliers et des milliers de
pèlerins voudront bien Nous faire l'aumône d'une
fervente prière, qui sera très utile à Notre pauvre
âme. Au lieu de leur parler de Nos œuvres, ceux
qui Nous survivront, pour les continuer avec plus
de talents et de vertus, rappelleront à Notre profit
le désir que Nous exprimons ici.

Ne Nous reprochez pas, Nos très chers Frères,
cet épanchement pastoral. N'y voyez point une

défaillance, mais plutôt un espoir, qui Nous réconforte. La pensée de la mort n'est pas assez familière aux meilleurs chrétiens. N'était la crainte des jugements de Dieu, il serait doux, en ces jours de deuil pour l'Église et pour la France, de quitter ce monde, destiné, selon toute apparence, à de prochains bouleversements plus redoutables que les châtiments exemplaires dont nous n'avons voulu comprendre ni la cause ni les effets.

Cependant, Nos très chers Frères, en se hâtant ainsi de manifester une de ses dernières volontés, votre Évêque, dont vous êtes la gloire et le soutien, n'entend point *refuser le travail et la peine*. Il se tiendra aux ordres du divin Maitre, sans perdre de vue vos plus chers intérêts.

Nous voilà bien loin de l'objet de cette Lettre. Revenons-y, sans efforts et sans excuses, nous félicitant dès aujourd'hui les uns les autres d'un pieux rendez-vous, auquel Nous arriverons le premier, désireux de vous préparer les voies et de rendre à tous, à des titres différents, Nos devoirs de confraternité et de paternité.

Convaincu, Nos très chers Frères, de parfaitement interpréter vos chrétiennes intentions, Nous proposons une Neuvaine de prières, préparatoire au Sacre où Nous vous convions sans acception de personnes. Chacun la ferait en son particulier, à l'heure où il en trouverait le loisir, et gagnerait ainsi facilement, *autant de fois une indulgence de*

quarante jours. Convenons, s'il vous plaît, de
réciter les *Litanies de sainte Anne* ou toute autre
Prière à notre Patronne, pour le nouveau Pontife
et pour son diocèse. Il nous saurait mauvais gré
de ne pas comprendre dans nos suffrages la
Mission entière d'Haïti et son digne Archevêque,
dont l'absence laissera, le 8 février, un si grand
vide au milieu de nous. Par une coïncidence de
bon augure, Nous faisons mémoire de Monseigneur
Guilloux en l'anniversaire de sa consécration
épiscopale.

Enfin, Nos très chers Frères, Monseigneur
Hillion, animé envers l'Église et la France des
sentiments de respect, de condoléance et d'amour
que ces Mères affligées devraient inspirer à tous
leurs enfants, s'unit à Nous pour intéresser plus
ardemment que jamais votre religion et votre
patriotisme à deux nobles causes, étroitement
liées dans l'avenir comme par le passé. *Espérant
contre toute espérance* (1), *laissons les morts
ensevelir leurs morts* (2), et prions ainsi : *Da pacem,
Domine, in diebus nostris, quia non est alius qui
pugnet pro nobis, nisi tu, Deus noster!* — Donnez-
nous la paix, Seigneur, en ces jours d'alarmes,
car il n'est personne qui combatte pour nous, si
ce n'est vous, ô notre Dieu!

(1) Rom., IV, 18. — (2) Matt., VIII. 22.

Vannes, le 19 avril 1874.

TRÈS SAINT-PÈRE,

Mon cœur demeure pénétré de Vos bienfaits. Le Clergé et les fidèles de mon diocèse partagent ma joie et ma gratitude. Nous venons tous de payer un juste tribut à Votre Sainteté, à l'occasion de l'érection d'un nouveau Calvaire et d'une statue de la très sainte Vierge sur la plus grande place publique de Vannes. Cette imposante cérémonie, favorisée par le temps, s'est accomplie au milieu d'un concours immense. Nos autorités civiles et militaires, du département et de la commune, rehaussaient de leur présence cette démonstration vraiment catholique. C'était le lieu de parler de notre Père commun, qui me comblait, quelques jours auparavant, des plus gracieuses attentions, de ses peines, de ses angoisses, de sa bonté, de sa sagesse, de l'exemple qu'il donne au monde entier, dont il est, après Dieu, l'espoir et la force. Je m'en suis fait un devoir bien doux à remplir. Qu'il plaise à Dieu d'exaucer les vœux que nous formons à l'envi pour Votre prochaine délivrance et pour le triomphe de l'Église !

Vous savez, Très Saint-Père, que les travaux de la nouvelle église de Sainte-Anne, pour laquelle nous avons déjà dépensé plus d'un million, quêté sou par sou dans notre bon pays, touchent à leur fin. On s'occupe de placer le maître-autel, que nous devons en partie à Votre munificence. Les marbres de l'Emporium produiront le meilleur effet et nous rappelleront la générosité de notre Pontife-Roi.

Très Saint-Père, Vous connaissez notre piété filiale envers Votre personne sacrée, notre attachement au Saint-Siège ; Vous nous pardonnerez beaucoup d'indiscrétions, parce que nous Vous aurons beaucoup aimé, ô le meilleur des Pères. Au nom de la Bretagne, j'ose Vous demander d'élever le sanctuaire de sa Patronne au rang de Basilique mineure, avec tous les privilèges attachés à ce titre (1). Votre Sainteté mettrait le comble à toutes Ses faveurs, si Elle daignait accorder à M. le chanoine Mathurin Guillouzo, premier chapelain de notre célèbre pèlerinage, et dont le zèle est au-dessus de tout éloge, les pouvoirs plus étendus que reçoivent les pénitenciers des églises insignes de Rome, et nommer ce digne prêtre missionnaire apostolique.

Très Saint-Père, humblement prosterné à Vos pieds, les baisant avec amour et vénération, je sollicite par surcroît, pour le Pasteur et pour le troupeau, la bénédiction apostolique.

† JEAN-MARIE, Év. de Vannes.

---

(1) Cette insigne faveur fut gracieusement accordée par un Bref, en date du 12 mai 1874.

XIV. — BÉNÉDICTION DE LA STATUE MONUMENTALE QUI COURONNE LA TOUR DE LA BASILIQUE, 8 DÉCEMBRE 1874, ET PRIÈRES PUBLIQUES POUR LA FRANCE

Nos très chers Frères,

Dieu soit loué! La statue monumentale (1) destinée à couronner la tour de la Basilique de Sainte-Anne, a été montée et mise en place sans accident. Dans quelques jours, elle apparaitra majestueusement à nos regards attendris. Revêtue de sa robe d'or, elle brillera, au sommet de son sanctuaire, comme une Reine sur son trône et dans son royaume. Les rayons du soleil en réfléchiront l'éclat sur les campagnes d'alentour et jusque sur la mer lointaine. Quelle émouvante vision pour l'humble laboureur et le pauvre matelot !

Qu'il Nous tarde de contempler l'aimable visage de nos deux souveraines, l'Aïeule et la Mère du Roi Jésus, dans l'attitude du plus profond re-

(1) Elle est haute de 18 pieds. Sainte Anne et la très Sainte Vierge sont représentées debout, attentives à un enseignement dont la Mère et la Fille comprennent l'importance.

cueillement ! L'une et l'autre s'empresseront
toujours de recevoir, à des titres différents, et de
se partager, sans rivalité, nos hommages, notre
amour et nos vœux.

I

Cette œuvre d'art fait honneur à M. Le Goff.
Il a su saisir et réaliser l'idée d'un autre artiste,
renommé dans la statuaire contemporaine,
M. Falguière, lauréat de plusieurs concours. Il
appartenait à l'Église de mettre la dernière main
à ce travail magistral. Sans cette religieuse intervention, l'image de notre Patronne n'aurait pas
pour nous le prix et l'attrait qu'une bénédiction
solennelle lui donnera.

Nous croyons, Nos très chers Frères, répondre
à vos pieuses intentions, en vous conviant à cette
cérémonie, fixée au 8 décembre prochain.
Pouvions-Nous choisir un meilleur jour ? Quels
doux souvenirs il nous rappelle ! L'Immaculée
Conception de la Vierge Marie n'est-elle pas
la première aurore de la rédemption du genre
humain ? Or, les chastes flancs de sainte Anne,
son heureuse Mère, servirent de tabernacle à ce
mystérieux chef-d'œuvre de la puissance et de la
miséricorde infinies.

Il vous en souvient, Nos très chers Frères,
c'est en ce glorieux anniversaire que la Bretagne

accourait, il y a deux ans, pour vénérer sa
Patronne, pour la remercier d'une assistance
signalée pendant la guerre contre la Prusse, pour
implorer sa protection, en prévision des dangers
que nous réserve l'avenir.

Seule, la crainte de paraître indiscret Nous
empêche de provoquer chez nos voisins un sem-
blable concours, toujours édifiant. Nous ne mon-
trerons pas la même réserve, lorsque l'heure sera
venue de consacrer la belle Basilique à laquelle
chacun d'eux s'est réjoui d'apporter généreuse-
ment sa pierre ou son ornement. Dès aujourd'hui,
Nous éprouvons, par anticipation, un contentement bien naturel, en Nous représentant les
premiers Pasteurs de cette province ecclésiastique, présidés par leur vénérable Métropolitain,
entourés de leurs troupeaux, qui n'en formeront
qu'un, sous le charme de la même dévotion. Ah !
qu'ils viennent ces bien-aimés Pontifes, ces
dignes prêtres, ces fidèles pleins de ferveur ; qu'ils
viennent partager Notre allégresse, rehausser de
leur présence cette touchante fête de famille,
recevoir l'expression de Notre juste reconnaissance et de Notre sincère attachement ! Notre
cœur les attend, Notre âme les désire, si, pour
le moment, Nos lèvres se résignent à rester
muettes. Puissions-Nous donner bientôt à ces populations très chrétiennes le signal du rendez-vous
général où nous aspirons tous ! Si cette assurance
leur parvient, qu'elles demeurent convaincues

que les absents ne seront point oubliés à Sainte-
Anne, le 8 décembre 1874. Nous ferons mémoire
de nos amis et de nos bienfaiteurs, vivants et
défunts. Notre charité sera vraiment catholique
et bretonne.

Connaissant les dispositions de Nos chers diocésains, comment douterions-Nous de la consolation que Nous vaudra la solennité qui se prépare!
L'objet de cette Lettre est de vous y inviter, Nos
très chers Frères, sans acception de personnes.
Nous aimons à le croire, un certain nombre de
paroisses y seront largement représentées. Les
autres s'associeront d'esprit et de cœur à nos
prières et à nos chants. Elles regretteront, autant
que Nous, leur éloignement, qui n'aura pas dé-
pendu de leur bon vouloir.

II

A cette date, mémorable dans les annales de
notre antique et célèbre pèlerinage, sainte Anne
semblera prendre possession du temple magnifique que nous lui avons dédié. Nous la verrons
étendre amoureusement sur notre contrée ses
mains protectrices. Elle daignera considérer cette
sorte d'apothéose comme un nouveau tribut que
lui paieront à l'envi ses enfants dévoués, notamment son industrieux serviteur qui Nous a

épargné tant de soucis et Nous a procuré merveilleusement les ressources que Nous n'eussions
pas trouvées sans lui, pour mener à bonne fin
une entreprise digne des plus beaux âges du
christianisme.

O sainte Anne, que votre image, à laquelle nous
eussions voulu donner un piédestal plus riche et
plus élevé, une ressemblance plus conforme
à notre idéal, pour mieux dire, aux ardeurs de
notre piété filiale, que votre image bénie brille
comme un phare toujours lumineux et nous conduise, pendant l'horrible tourmente qui nous
menace, du sein des ténèbres qui déjà nous
enveloppent, au port où la barque de Pierre et
le vaisseau de la France pourront trouver un abri
tutélaire ! Oui, brillez à nos yeux comme un arc-
en-ciel de bon augure, au milieu du déluge de
mensonges et d'iniquités dont vous avez préservé
cette terre privilégiée, qui vous doit d'avoir conservé sa foi et ses mœurs ! Pouviez-vous éclairer
et rasséréner plus à propos notre ciel plein d'o-
rage ? Dans quel état, grand Dieu, se trouvent
Rome et Paris, notre Mère l'Église et sa Fille
ainée ! Le calme relatif dont personne ne jouit,
parce que tout le monde est en défiance, ne
présage-t-il point une nouvelle et plus furieuse
tempête ? Chacun la redoute. Est-ce le grand
nombre qui s'efforce résolument, sans ambition
ni parti pris, de la conjurer ?

Mais, Nos très chers Frères, à quoi bon insister

7

sur ce triste sujet ? Il vous suffira que Nous ayons
esquissé, pour votre instruction et par acquit de
conscience, l'affligeant tableau d'une situation
religieuse et sociale qui déconcerte tous les calculs
humains. Écoutons plutôt une voix autrement
autorisée que la Nôtre.

Du haut de son calvaire, Pie IX, sentinelle vigilante et incorruptible, nous crie : « *Sic state in
Domino, carissimi.* Oui, oh ! oui, demeurez fermes
dans le Seigneur ; maintenez-vous stables et iné-
branlables dans vos excellentes résolutions, au
milieu des événements ruineux qui se succèdent ;
maintenez-vous compactes et étroitement unis,
à Rome et hors de Rome, afin de combattre avec
plus de succès les ennemis communs, par la
prière, par les bons et saints conseils réciproques,
et par cette activité qui est le fruit du zèle pour la
gloire de Dieu et le salut des âmes (1). »

Prêtez encore l'oreille, Nos très chers Frères.

De l'enceinte tumultueuse et passionnée de
notre Assemblée nationale, des voix chrétiennes
et françaises demandent protection et secours,
mais une protection assurée, un secours efficace :
Priez pour nous, disaient-elles à la fin de la
dernière législature. Obtenez-nous de ne pas
mourir de paroles superflues, de divisions intestines, de tous les palliatifs parlementaires.
Abandonnées à notre faiblesse, nous serons

(1) Discours prononcé par le Pape le jour de la Toussaint.

bientôt réduites à proclamer notre impuissance.
A peine si nous sommes capables de répondre
du jour présent. Qu'arriverait-il demain, si Dieu
refusait de nous venir en aide ?

Tant il est vrai, Nos très chers Frères, que
les dépositaires responsables de l'autorité, s'ils
veulent accomplir convenablement leur difficile
mission, ont l'obligation rigoureuse de s'incliner
humblement devant *Celui par qui les législateurs
décrètent ce qui est juste* (1). »

Puisse ce nouvel acte de foi de nos Députés
leur mériter les lumières, le courage, la sagesse,
l'abnégation que réclament impérieusement les
intérêts sacrés de notre infortuné pays ! Son sort
est entre leurs mains.

C'est pourquoi, Nos très chers Frères, ni vous
ni moi, qui aimons la France comme on aime une
mère, ne resterons sourds aux cris de détresse
que nous avons entendus.

N'ayant pas qualité pour parler officiellement
aux hommes politiques, adressons-nous simplement à Dieu. Le Pape nous prêche éloquemment
ce suprême recours en grâce.

Laissons-nous persuader : le Souverain Pontife
n'a pas seulement les paroles de la vie éternelle.
Ceux qui s'inspirent, à son exemple, des principes
fondamentaux de toute société civile et religieuse,
nous pressent aussi de faire violence au Ciel,

(1) Prov., VIII, 15.

puisque la terre tremble sous nos pas. Allons donc prier ! Dieu le veut ! Trop longtemps nous avons refusé de reconnaître son souverain do- maine, d'implorer son secours. Combien de temps encore notre vanité et notre légèreté nationales se feront-elles illusion sur nos nécessités et sur nos alliances humaines ? Ayons enfin la modestie et le bon sens que commandent notre abandon et notre abaissement ! Notre salut est à ce prix. Au nom de la patrie en danger, au nom de l'Église persécutée, dont la Révolution a juré la ruine, prions ! Prions avec droiture d'intention, humilité, confiance, persévérance. Agissons avec un patrio- tisme éclairé, désintéressé, ferme et circonspect. Tout est là. Puissions-nous le comprendre, et, après l'avoir compris, chercher d'abord le triomphe de l'Eglise et le salut de la France ! *Le reste nous sera donné par surcroît* (1).

_____

(1) S. Matt., vi, 33.

(29 AOUT 1875)

MESSIEURS ET CHERS COOPÉRATEURS,

Je reçois de Rome une lettre qui vous causera, comme à moi, une vive satisfaction. Je tiens à vous la transmettre sans délai. Vous la communiquerez aux fidèles confiés à vos soins. Ceux qui prirent part à notre pèlerinage des 21, 22, 23, 24 et 25 juin, écouteront avec une complaisance toute particulière ce que le Souverain Pontife a daigné répondre à l'Adresse de notre piété filiale, signée à Lourdes, sous les auspices de l'Immaculée Conception.

Voici la traduction de ce précieux document :

« VÉNÉRABLE FRÈRE,

» Salut et bénédiction apostolique.

» Nous avons reçu la lettre, revêtue d'un grand nombre de signatures, que vous Nous avez adressée de Lourdes, le 23 juin dernier ; Nous y

avons lu avec plaisir le récit du pieux pèlerinage
que vos diocésains et d'autres fidèles ont fait,
sous votre conduite, avec les sentiments d'une si
touchante dévotion, aux Sanctuaires de sainte
Anne et de l'auguste Mère de Dieu.

» Quelle joie pour Nous, Vénérable Frère, de
constater ce zèle admirable que vous avez mis
à implorer la clémence divine en ces temps malheureux ! Nous Nous sentons vraiment consolé
de vos ferventes prières pour Nous, pour l'Eglise
et pour votre patrie, ainsi que de ces pieux cantiques que vous Nous avez communiqués, et qui
témoignaient si hautement de la foi solide et vraie
dont vos cœurs étaient pénétrés. Aussi, Nous
vous félicitons en Notre Seigneur, vous, Vénérable
Frère, et tous ceux qui ont pris part à ce pèlerinage, de l'amour que vous avez manifesté pour
la cause de l'Église, et de la tendresse filiale qui
vous porte sans cesse à adoucir Nos peines ; Nous
avons confiance que vos supplications seront
puissantes et attireront promptement et abon-
damment sur Nous la miséricorde divine, que
Nous ne cessons d'implorer avec tous les enfants
de la sainte Église.

» C'est pourquoi, Nous vous donnons l'assurance particulière de Notre paternelle affection,
à Vous et à tous ceux qui ont signé votre lettre ;
Nous prions le Seigneur qu'il vous donne à tous
les preuves d'une protection spéciale, et que, par
l'intercession de sa sainte Mère, il vous préserve

de tout mal et de toute adversité : comme gage
de ces divines faveurs, Nous vous accordons avec
la plus tendre affection et de tout cœur la bénédiction apostolique.

» Donné à Rome, près Saint-Pierre, le 28ᵉ jour
de juillet de l'année 1875, et de Notre pontificat
la 30ᵉ.

» PIE IX PAPE. »

Messieurs et chers Coopérateurs, les félicitations et les encouragements de notre Saint Père
le Pape ajoutent encore au regret que j'éprouve de
ne pouvoir convoquer immédiatement la Bretagne
pour la consécration de la Basilique qu'elle a
élevée à la gloire de sa Patronne chérie. Le pays
tout entier répondrait à l'appel de votre Évêque.
Les milliers de pèlerins accourus à nos solennités
du 25 et du 26 juillet dernier, ne permettent pas
d'en douter. L'heure n'est pas encore venue de
donner le signal de cette magnifique manifestation
de notre foi.

Est-ce à dire que, en attendant ce jour de plus
abondantes bénédictions, nous cesserons d'entourer et de vénérer à l'envi l'image miraculeuse
de notre Protectrice ? Qui de nous pourrait s'y
résigner ?

Pour moi, Messieurs et chers Coopérateurs,
fidèle à la parole donnée l'année dernière aux représentants des Cercles catholiques et des Œuvres
ouvrières de Bretagne, j'arriverai un des premiers,

le 22 août prochain, au rendez-vous dont je m'étais
engagé publiquement à prendre dorénavant l'ini-
tiative.

Huit jours plus tard, le 29 août, je consacrerai,
dans la même Basilique, l'autel dédié à sainte
Anne. Grâce à vous, Messieurs et chers Coopérateurs, cette fête de famille sera belle et salutaire
aux pasteurs et aux troupeaux. Elle nous vaudra
peut-être une nouvelle faveur de Pie IX. Toujours
est-il que nous saisirons cette occasion pour demander sa délivrance, le triomphe de l'Église et
la prospérité de la France.

Selon toute apparence, la fête de saint Michel
et l'anniversaire du Couronnement de sainte Anne
termineront, pour la présente année, le cycle de
nos cérémonies extraordinaires au sanctuaire de
la sainte Aïeule de Notre Seigneur Jésus-Christ.

XVI. — CONSÉCRATION DE LA BASILIQUE

(8 AOUT 1877)

Nos très chers Frères,

La Bretagne appelait de ses vœux ardents la solennité extraordinaire à laquelle la reconnaissance Nous ferait seule un devoir de convier ses pontifes, ses prêtres et ses fidèles. Comment n'accueillerait-elle pas avec une indicible joie la bonne nouvelle de la consécration de la Basilique de Sainte-Anne! Qu'elle se sentira plutôt heureuse et fière d'apprendre que le Souverain Pontife, mettant le comble à la bienveillance dont il a donné tant de preuves au pasteur et au troupeau, Nous a permis d'accomplir en son nom les rites sacrés usités en pareil cas! Sa Sainteté a daigné par surcroit ouvrir le trésor des indulgences au profit des pèlerins qui viendront, *le 8 août prochain*, partager notre allégresse et notre dévotion.

Monseigneur le Cardinal-Archevêque de Rennes, entouré de ses Suffragants, de plusieurs autres Archevêques et Évêques, d'Abbés, de Prélats romains et d'un nombreux Clergé, présidera la

cérémonie. Son Éminence avait des droits particuliers aux honneurs que nous aimerons à lui
rendre, en ce jour si longtemps désiré, aux pieds
de notre auguste Patronne.

Ceux de Nos vénérés Collègues qui Nous ont
promis de rehausser de leur présence cette fête
de famille, acquerront aussi un nouveau titre
à Notre respectueux attachement et à Notre profonde gratitude. Hélas ! Nous avions compté sans
la mort et la maladie, indépendamment d'affaires
urgentes ou de distances considérables, qui devaient nous causer une vive douleur et de sincères
regrets.

Quoi qu'il en soit, Nos très chers Frères, en ce
jour que le Seigneur aura fait, à notre commune
satisfaction, nous n'aurons qu'un cœur et qu'une
âme pour chanter à la sainte Aïeule du Sauveur
Jésus un cantique nouveau.

Les pierres elles-mêmes de la splendide Basilique crieront.

Que diront-elles donc ? Serait-ce un jeu de
Notre imagination ? Notre amour filial pourrait-il
s'illusionner ainsi ? Écoutez ! Ne reconnaissez-
vous pas les accents de notre Mère l'Église, qui
semble se constituer l'interprète du beau monument dont la dédicace nous rassemblera bientôt,
en nous transportant ?

Tandem laborum
Fructum tenetis !

Oui, fils privilégiés, vous cueillez aujourd'hui, aux applaudissements de toute la contrée, dans l'enivrement de votre triomphe, vous savourez à l'envi le fruit de la générosité, des sacrifices et de la persévérance qu'exigeait une pareille entreprise. Admirez ce prodige ! Ce n'est pas certes le moins éclatant de ceux que sainte Anne a opérés parmi vous depuis des siècles.

Il n'en est pas moins permis, Nos très chers Frères, de regretter la vieille chapelle où tant de générations avaient passé, en priant, en pleurant, en espérant, en recevant grâces sur grâces. Comment a-t-on pu usurper sa place ? Ah ! c'est que votre foi et votre charité acceptaient solidairement la lourde responsabilité de cette merveilleuse substitution.

Frappés de l'insuffisance et de la vétusté de l'œuvre du bon Nicolazic, Nos deux prédécesseurs immédiats désirèrent la compléter, en la restaurant, et l'élever à la hauteur de nos sentiments aussi bien que du culte rendu à la Dame Suzeraine de ce petit coin de terre célèbre dans l'univers entier.

Appelé à évangéliser une autre province, Mgr Dubreil laissa à son successeur un gage important de son louable projet.

Mgr Gazailhan eut à peine le temps d'en ordonner l'exécution.

Il Nous était réservé, Nos très chers Frères, de couronner l'édifice, après en avoir posé la

première pierre. Autant cette portion d'héritage
Nous était douce au cœur, autant elle Nous occasionnait d'inquiétude et de difficultés. Nous fûmes
secondé avec zèle et intelligence par tous les
membres de Notre administration. N'avions-Nous
pas raison, d'ailleurs, de Nous en rapporter
à vous ?

Personne n'ignore le nom et le mérite de Notre
principal Coopérateur. Béni et envoyé par son
Évêque, qui n'accepta pas tout d'abord ses offres
de service, M. l'abbé Guillouzo commença ses
quêtes : il les poursuivit courageusement de paroisse en paroisse, souvent de maison en maison.
Un succès inespéré couronna ses efforts et ses
fatigues. Il avait vraiment reçu mission de couvrir
les frais que l'industrie et les arts ne nous ont
point épargnés, sous l'habile direction d'un architecte distingué. Le récit de ses visites intéressées
serait édifiant et curieux.

Fidèles Bretons, qui avez si parfaitement accueilli le digne Chapelain de Sainte-Anne, hâtez-vous maintenant ; accourez au temple magnifique
fait de vos offrandes, de vos sueurs, de vos privations.

Ad templum, celeres, tendite, Britones.

Là le salut a plus d'attraits. Le joug du Seigneur
y est doux et son fardeau, léger. La foi se fortifie
et devient féconde. Témoin notre bonne renommée, qui nous vaut l'estime et la considé-

ration de tous les honnêtes gens. Puissions-nous la conserver intacte !

Hic jucunda salus, hic fidei vigor.

Là le Seigneur irrité, prêt à faire justice du déluge d'iniquités qui souille la terre, dépose sa foudre vengeresse. Il renouvelle la vie du sein de la mort. Aux yeux des esprits forts de notre triste époque, nos humbles pèlerins, survivants d'un autre âge, restent étrangers aux progrès modernes ; ils ne comprennent rien aux aspirations des peuples ; ils se désintéressent des besoins, de la prospérité et de l'avenir de leur pays ; ils vivent d'ignorance, de superstitions et de fanatisme. Êtres inutiles et nuisibles à la société, on les dénonce, on les calomnie, on les insulte, on les maudit, on leur réserve, pour des jours néfastes, un sort qui leur inspire plus d'envie que de terreur. Ah ! si Sodome et Gomorrhe avaient possédé des hommes aussi recommandables, le feu du ciel eût épargné ces cités corrompues. Tant il est vrai que celui-là fait acte de bon citoyen, qui s'adresse à Dieu, par ses Saints, pour le supplier d'épargner son peuple et de ne pas nous tenir éternellement rigueur.

Hic fulmen Dominus ponit et integrat
Vitam funeris in sinu.

Là le pauvre nautonnier, à la veille de traverser les mers sur de frêles esquifs, apporte ses

ardentes supplications. Impuissant à dissimuler
son émotion, au souvenir des dangers qu'il a
courus et de ceux qui l'attendent, les yeux fixés
sur la Statue miraculeuse, il murmure tout bas :

Sainte Anne, *Port de salut des navigateurs*, pro-
tégez-moi ! Ramenez-moi au sein de ma famille,
dont je suis l'unique soutien. Ah ! si j'allais ne
pas revenir, que deviendraient ma femme et mes
enfants ? Après tout, Dieu est le Maître. Avant de
remettre mon âme entre ses mains, je me rappel-
lerais que vous êtes à la fois le *Soulagement des
personnes mariées*, la *Mère des veuves et des orphelins*, la *Gouvernante des vierges* et la *Consolatrice des affligés*.

> *Hic nauta exiguis navibus æquora*
> *Trajecturus agit suppliciter preces.*

Là, dans un dénûment plein d'angoisses,
le pauvre réclame instamment l'assistance dont
le besoin urgent se fait sentir. C'est une mère
épuisée qui voit dépérir le fruit de ses entrailles.
En perdant le père de ses enfants chéris, elle a
vu l'affreuse misère élire domicile au foyer domestique, qui s'est refroidi, qu'elle baigne de ses
larmes, qui retentit de ses gémissements. Sa
voisine est plus à plaindre encore. Après avoir
souffert cruellement de la faim, de la soif, du froid,
de la chaleur, de l'abandon, elle doit endurer les
mauvais traitements d'un mari brutal, que l'ivresse
rend impitoyable. Il ne rentre chez lui, le blas-

phème aux lèvres, que pour martyriser sa femme et scandaliser ses enfants, dont il est devenu l'effroi. Et tant d'autres qui n'osent et ne peuvent pas même révéler leur indigence ! Leur naissance ou leur position exige qu'ils fassent contre fortune bon visage et qu'ils n'aient pas la mise du premier venu. Ces misères lamentables se succèdent, quand elles ne se coudoient pas, aux pieds de sainte Anne, qui n'y reste jamais insensible.

Hic supplex subitum præsidium vocat
Pauper rebus in asperis.

On dirait que toutes les infirmités se donnent rendez-vous devant l'Image bénie de Celle qui n'est pas appelée sans raison *Langue des muets, Oreille des sourds, Lumière des aveugles.* Écoutez ce concert de voix plaintives et confiantes. Qu'il est harmonieux et touchant !

Sainte Anne, *Médecin des malades,*

Sainte Anne, *Guérison de ceux qui sont dans la langueur,*

Priez pour nous !

Æger membra trahit languida postulans
Tutum subsidium.....

Hélas ! l'âme humaine a ses maladies, infiniment plus graves de leur nature et plus redoutables dans leurs conséquences. Elles deviennent chroniques, contagieuses, gardons-Nous de dire incurables ! Sainte Anne sait trouver le chemin des esprits

les plus rebelles, des cœurs les plus endurcis.
Elle aussi est le *Refuge des pécheurs*. De grands
coupables, des criminels que la justice humaine
eût frappés de son glaive, l'ont trouvée propice.
Par son entremise, il font la paix avec Dieu. Du
même coup de grâce, le sein de cette dévouée
Protectrice et les bras du Père céleste s'ouvrent
aux enfants prodigues.

> ...... *propitiam reus*
> *Implorat veniam*.....

Faut-il attendre longtemps l'effet de cette puissante intercession ? Non, Nos très chers Frères !
Sainte Anne s'empresse de jeter un regard de
maternelle compassion sur ceux qui l'invoquent.
Tous leurs vœux sont exaucés.

> ...... *nec mora, respicit,*
> *Votisque annuit omnibus.*

Ah ! s'il en est ainsi, Nos très chers Frères,
courage ! confiance ! L'étendue et la gravité de
nos souffrances physiques et morales, toutes nos
nécessités corporelles et spirituelles n'égaleront
jamais la puissance et la bonté d'une Auxiliatrice
dont le crédit auprès de Dieu est, en quelque
sorte, subordonné à notre bon plaisir. Parlez !
Elle écoute. Demandez ! Vous recevrez. Avez-
vous jamais entendu dire qu'elle ait abandonné
ses dévots serviteurs ?

Mais notre espérance en l'*Assistance des chré-*

tiens doit dépasser le cercle trop étroit de nos intérêts particuliers. A l'heure présente, sans oublier nos besoins personnels, courons d'abord où la religion et le patriotisme nous appellent. Oui, l'Église et la France doivent avoir la meilleure part de nos préoccupations, de nos souhaits et de nos dévouements.

Or, Nos très chers Frères, vous qui avez récité cent fois les litanies de sainte Anne, dites si elles ne renferment pas, en quelques invocations, le remède à nos maux, la solution de questions ardues qui mettent en défaut les plus habiles politiques et les plus fins diplomates !

Aussi, après avoir invité notre Patronne à prendre solennellement possession de la nouvelle demeure dont chacun se dispose à lui faire hommage, avec quelle ferveur et quelle assurance ne lui dirons-nous pas :

Sainte Anne, *Rempart de l'Église*, priez pour nous !

La barque de Pierre est aux prises avec une de ces tempêtes effroyables qui paralyseraient les plus intrépides, si Jésus, qui semble dormir, comme autrefois sur le lac de Génésareth, ne la préservait pas de la fureur des flots. Pour comble de malheur, le Pilote, dont la vigilance et le commandement sont éprouvés, se plaint de ne pouvoir gouverner librement, selon ses inspirations surnaturelles et conformément aux réclamations de sa conscience.

8

Sainte Anne, *Délivrance des captifs*, n'oubliez pas Pie IX !

Voyez aussi, nous vous en supplions, notre détresse nationale ! Autrefois la Fille ainée de l'Église avait voix prépondérante dans les conseils des Princes de la terre. Jalousée mais respectée de ses voisins, elle leur imposait sa volonté. Elle n'avait rien à craindre de leur ambition. Au dedans comme au dehors, elle jouissait orgueilleusement des avantages qu'elle tenait de son baptême, de ses droits reconnus et de ses devoirs fidèlement remplis. Hélas ! que les temps sont changés !

Sainte Anne, *Arche de l'alliance du Seigneur*, ayez pitié de pauvres naufragés qui s'acharnent les uns contre les autres, comme autant de frères ennemis, au lieu de se prêter une main secourable et d'opérer mutuellement leur sauvetage. Les insensés ! ils veulent donc périr corps et biens !

O sainte Anne, intercédez pour la France !

Enfin, « pieuse Mère de la Mère du Christ, protégez spécialement la terre que vous vous êtes choisie.

» O Mère de la Patrie, Anne très puissante, soyez le salut de vos Bretons ; conservez leur foi ; affermissez leurs mœurs ; obtenez-leur la paix, par votre sainte intercession », pour le temps et pour l'éternité. Ainsi soit-il !

Vannes, le 30 Mars 1878.

CHER MONSIEUR LE SUPÉRIEUR,

Vous connaissez le vif désir qui me presse de
former, sous la protection de sainte Anne, un
petit groupe de Missionnaires diocésains, qui
desserviraient en même temps la Basilique élevée
à la gloire de notre Patronne. Les circonstances
présentes ne favoriseraient pas cette importante
mais délicate entreprise. Il faut, avant tout, que
nous fassions honneur à de lourdes obligations
pécuniaires. S'il plaît à Dieu de m'accorder quelques années de vie, j'espère mener à bonne fin
l'œuvre dont il s'agit.

Pour y parvenir plus sûrement, je crois
opportun de confier l'administration et le service
religieux de notre célèbre Pèlerinage à un Comité
d'ecclésiastiques, dont vous serez le Président.

Le Secrétaire général de l'Évêché, l'Économe
du Petit-Séminaire et les deux Chapelains vous
prêteront un concours intelligent et dévoué.

Notre premier soin doit être d'aviser aux meilleurs moyens d'éteindre les dettes énormes occasionnées par la construction de la nouvelle église.

Les intérêts que nous avons à payer, absorberaient en grande partie les offrandes des fidèles.

Puissions-nous trouver des âmes assez charitables pour nous prêter gratuitement, pendant une période de 5 à 10 ans, des sommes plus ou moins considérables, jusqu'à concurrence de trois cent mille francs !

Prions sainte Anne de nous obtenir ce crédit. Elle se chargera de récompenser ceux qui voudront bien nous obliger avec confiance et générosité; ils ne courront aucun risque et faciliteront notre prochain acquittement.

Cette lettre sera suivie d'une liste de souscription énumérant les avantages spirituels assurés, à perpétuité, à nos pieux bienfaiteurs.

Je vous bénis tous et de tout cœur.

XVIII. — SACRE DE MONSEIGNEUR TRÉGARO

(25 JANVIER 1882)

NOS TRÈS CHERS FRÈRES,

L'imposante cérémonie qui s'accomplira prochainement, pour la seconde fois, dans la Basilique de Sainte-Anne, Nous fournit le sujet, aussi intéressant qu'opportun, de la Lettre pastorale qu'il est d'usage de vous adresser, chaque année, à l'approche du Carême. Un prêtre, connu, estimé et aimé chez nous, y recevra de Nos mains, par délégation très gracieuse de l'Éminentissime Cardinal de Bonnechose, Archevêque de Rouen, l'onction qui fait les Pontifes. De vénérés Collègues se complairont à l'appeler leur Frère et voudront bien Nous prêter leur pieux concours, pour enrichir son âme de tous les dons du Saint-Esprit. Le Clergé et les fidèles assisteront aussi de leurs vœux ardents le consécrateur et l'élu.

Monseigneur Trégaro n'attend point de Nous, en cette circonstance solennelle, d'inutiles louanges. Sa nomination, vivement et longtemps désirée, a reçu, au sein de l'Épiscopat français, l'accueil le plus favorable. N'est-ce pas le meilleur de tous les éloges, après la haute approbation du Pape et la précieuse sympathie du Nonce Apostolique ?

Qu'il Nous soit seulement permis de reproduire ici le témoignage que Nous rendions sincèrement de Notre ami, au mois de septembre dernier, à son vénérable prédécesseur : « Vous avez fait grand honneur au diocèse de Vannes, écrivions-Nous, en acceptant pour Coadjuteur un de ses prêtres. M. l'abbé Trégaro est un homme d'esprit, de cœur et de caractère. Après avoir servi l'Église et la France avec intelligence et dévouement, il apprendra de vous, vénéré Pontife, chargé d'ans, de mérites et de vertus, à porter courageusement et sagement la charge épiscopale, plus lourde que jamais. Si mes vœux et les siens sont exaucés, cet apprentissage se prolongera longtemps, pour votre commune joie et dans l'intérêt de votre heureux troupeau..... »

Monseigneur Rousselet ne devait pas avoir la consolation d'accueillir son digne successeur et de l'initier, avec une expérience consommée, à tous les secrets de l'administration temporelle et spirituelle d'un diocèse. Payons, en passant, Notre tribut de justes regrets à la mémoire de ce grand et pieux Prélat, de qui Nous avions gardé un doux souvenir depuis les beaux jours du Concile du Vatican.

Le Sacre du nouvel Évêque de Séez Nous aura

causé une joie d'autant plus complète, qu'il Nous fournit l'occasion de vous parler du Sacerdoce catholique, de son origine divine et de son incomparable hiérarchie.

Grâce à Dieu, Nos très chers Frères, vous ne partagez pas les préjugés, les malentendus, la défiance, la haine même dont les prêtres, les évêques et le Pape, sont l'objet de nos jours. Il importe que vous soyez mis en garde contre ces déplorables tendances. Apprenez plutôt à mieux connaitre tous les titres des Ministres du Seigneur à votre respectueuse estime et à votre confiance filiale. Faites-vous une idée nette des services qu'ils ont le pouvoir et le désir de vous rendre.

I

Avant de remonter vers son Père, le Fils de Dieu, fait homme « pour sauver ce qui était perdu (1) », voulut perpétuer l'œuvre de la Rédemption. Il avait donc à prendre les moyens de se survivre visiblement sur cette terre, où il avait évangélisé les pauvres, confondu les savants, guéri les malades, ressuscité les morts, corporels et spirituels, chassé les démons, prouvé sa divinité par toutes sortes de prodiges et de bienfaits.

(1) S. Matth., xviii, 11.

Mais où trouvera-t-il des docteurs, des thauma-
turges, des sauveurs, des sacrificateurs dignes
et capables de parler et d'agir comme lui? Il les
choisira sans doute parmi les plus renommés,
les plus habiles, les plus riches, les plus puissants,
les plus sages, au jugement de leurs semblables !
« O profondeur des trésors de la sagesse et de la
science de Dieu ! Que ses jugements sont impénétrables et ses voies incompréhensibles (1) !
Il a choisi les moins sages selon le monde, pour
confondre les sages ; il a choisi les faibles selon
le monde, pour confondre les puissants. Il a choisi
les plus vils et les plus méprisables selon le monde,
et ce qui n'était rien, pour détruire ce qu'il y avait
de plus grand, afin que nul homme ne se glorifie
devant lui (2). »

Comment expliquer cette étrange conduite? Ah !
c'est que « ce qui parait en Dieu une folie, est
plus sage que la sagesse des hommes, et que
ce qui parait en Dieu une faiblesse, est plus fort
que la force des hommes (3). »

En effet, un jour qu'il passait sur les bords de
la mer de Galilée, « Jésus aperçut deux frères,
Simon, appelé Pierre, et André, qui jetaient leurs
filets dans la mer (car ils étaient pêcheurs), et il
leur dit : Suivez-moi ; je ferai de vous des pêcheurs
d'hommes (4). »

(1) Rom., xi, 33. — (2) 1re Cor., i, 27, 28, 29. — (3) 1re Cor., i,
25. — (4) S. Matth., iv, 19.

Jugez, Nos très chers Frères, de la stupéfaction
de ces pauvres gens ! Cependant ils obéirent sans
la moindre hésitation. « Laissant aussitôt leurs
filets, ils le suivirent. Et allant plus loin, il
aperçut deux autres frères, Jacques, fils de Zé-
bédée, et Jean, occupés à raccommoder leurs
filets, avec leur père, dans une barque ; il les
appela ; eux aussi abandonnèrent leurs filets et le
suivirent immédiatement (1). »

Certes, de pareils auxiliaires paraissaient peu
propres à l'œuvre de régénération religieuse et
sociale dont ils allaient être chargés avec quelques
autres hommes de la même valeur sinon de la
même profession. Ainsi fondé, l'Apostolat n'offrait
pas, en apparence, de sérieuses garanties de
succès, d'expansion et de durée. Et cependant
son divin Fondateur y avait mis, en germe, tous
les éléments d'un sacerdoce efficace et impérissable. C'est que, comme l'enseigne saint Thomas
d'Aquin, « le Christ est la source de tout sacerdoce. Car le prêtre de l'ancienne Loi était la
figure du Christ ; et le Prêtre de la Loi nouvelle
opère dans la personne du Christ lui-même (2). »

Non seulement tout sacerdoce a sa source en
Jésus-Christ, mais le sacerdoce de la Loi nouvelle
a été institué par lui, et c'est lui qui a pris le
moyen de le perpétuer, en établissant le sacrement

(1) S. Matth., iv, 21, 22. — (2) Somme Th., 3ᵉ part., quest. 22,
art. 4.

de l'Ordre. A la dernière Cène, après avoir nourri de sa chair et de son sang les Douze, il leur dit : « Faites ceci en mémoire de moi (1). »

Que signifie, Nos très chers Frères, ce commandement si positif ? Les Apôtres ne sont-ils pas investis par là même de l'auguste et redoutable fonction de sacrificateurs ? Or, le sacrifice suppose et appelle un sacerdoce. L'un ne saurait exister sans l'autre. « Le sacrifice et le sacerdoce sont si intimement unis par l'ordre de Dieu, que l'un et l'autre ont existé dans toute loi..... Notre divin Sauveur a procédé lui-même à cette institution ; il a donné à ses Apôtres et à leurs successeurs, en les élevant au sacerdoce, le pouvoir de consacrer, d'offrir et d'administrer son corps et son sang, de remettre et de retenir les péchés. Les saintes Lettres le démontrent et la tradition de l'Église catholique a toujours conservé cet enseignement (2). » Aussi saint Paul déclare-t-il que les « Apôtres doivent être considérés comme les ministres du Christ et les dispensateurs des mystères de Dieu (3). » Les Apôtres avaient reçu du Christ le pouvoir d'en ordonner d'autres. Ils en usèrent fréquemment, afin de pourvoir aux besoins spirituels des églises naissantes ou déjà établies (4).

Le grand Apôtre ajoute que le pouvoir de juri-

---

(1) S. Luc, XXII, 19. — (2) Conc. de Trente, sess. 23, ch. 1. — (3) 1ʳᵉ Cor., IV, 1. — (4) Act. des Ap., XIII, 3-XIV, 22.

diction, comme le pouvoir d'ordre, est d'institution divine. Il écrivait aux Romains : « Tous ceux qui invoqueront le nom du Seigneur seront sauvés. Mais comment l'invoqueront-ils, s'ils ne croient pas en lui ? Et comment en entendront-ils parler, si personne ne le leur prêche ? Comment les prédicateurs leur prêcheront-ils, s'ils ne sont envoyés, selon qu'il est écrit : Qu'ils sont beaux les pieds de ceux qui annoncent la paix, qui annoncent le bonheur (1) ! »

Voici la preuve authentique de cette mission divine. A l'époque de l'Ascension du Sauveur, *les Douze s'en allèrent en Galilée, sur la montagne où Jésus leur avait commandé de se trouver ; et, le voyant, ils l'adorèrent ; mais quelques-uns doutèrent. Jésus s'approchant leur parle ainsi : Toute puissance m'a été donnée au ciel et sur la terre. Allez donc et instruisez toutes les nations, les baptisant au nom du Père, du Fils et du Saint-Esprit, leur apprenant à observer toutes les choses que je vous ai commandées.* VOICI QUE JE SUIS AVEC VOUS TOUS LES JOURS JUSQU'A LA CONSOMMATION DES SIÈCLES (2).

Ce texte précis et circonstancié se passe de tout commentaire. Ordre formel est ainsi donné aux Apôtres et à leurs successeurs légitimes, de siècle en siècle, de voler à la conquête du monde entier. Ils ne doivent pas attendre qu'on vienne les chercher. Dépositaires fidèles et zélés de la se-

(1) Rom., x, 13, 14, 15. — (2) S. Matth., xxviii, 16, 17, 18, 19, 20.

mence évangélique, il faut qu'ils la jettent aux quatre vents du ciel. Partez, leur est-il dit, vite et courageusement. « Ne craignez ni les difficultés des langues, ni les différences de mœurs, ni les principautés temporelles ; n'interrogez pas le cours des fleuves ni la direction des montagnes ; allez tout droit devant vous ; allez commme va la foudre de celui qui vous envoie, comme allait la parole créatrice qui porta la vie dans le chaos, comme vont les aigles et les anges (1). »

Dans une autre rencontre, le Maître dit à ses disciples. *Comme mon Père m'a envoyé, je vous envoie. Ayant dit ces mots, il souffla sur eux et leur dit : Recevez le Saint-Esprit. Les péchés seront remis à ceux à qui vous les remettrez ; ils seront retenus à ceux à qui vous les retiendrez (2).*

Les Pères de l'Église, les Conciles, les interprètes s'accordent absolument sur la portée de ces paroles. C'est un Souverain qui accrédite ses ambassadeurs, leur communiquant son autorité et sa puissance. Il ratifie d'avance leurs discours et leurs actes. Ils sont chargés par lui d'appeler tous les peuples à la foi chrétienne, de leur inculquer la vérité, de signer ou de ne pas signer la paix avec les rebelles, selon les règles de la prudence et de la charité.

_____

(1) R. P. Lacordaire, 2ᵉ Conf., Année 1835. -- (2) S. Jean, xx, 21, 22, 23.

II

Mais, Nos très chers Frères, convient-il que ces hommes, investis d'une si haute magistrature et sur qui pèse une si lourde responsabilité, restent indépendants les uns des autres ? Ils vont se partager l'univers. En se séparant, se quittent-ils pour toujours ? Pourront-ils remplir leur mission, s'ils demeurent désormais privés de toute relation mutuelle ? Ils sont frères ; ils sont libres : seront-ils absolument égaux ? Ne faut-il pas redouter des contradictions, des conflits, des divisions ? Soldats intrépides de la même cause, ils ont besoin d'un chef visible, qui les réunisse, les guide, les rassure, les console, les protège et les fortifie ; qui serve de clef de voûte au gigantesque édifice dont il sont eux-mêmes les colonnes solides.

Chacune de ces colonnes, dont le changement inévitable et fréquent s'opère sans secousse, porte sa charge, au point marqué par le divin Architecte, et toutes ensemble contribuent à le tenir debout, dans son intégrité, dans sa beauté, dans sa perpétuité, au milieu des écroulements et des révolutions qui ébranlent la terre. Tous les postes y sont fidèlement gardés, conformément à ce mot d'ordre du grand Apôtre : « Prenez garde à vous et à tout le troupeau sur lequel le Saint-Esprit vous a établis évêques pour gouverner l'Église de Dieu, qu'il a acquise de son propre sang (1). »

Dans quelles limites et à quelles conditions chaque évêque participe-t-il à ce gouvernement? Nous les déterminerons tout à l'heure.

Le Verbe incarné connaissait trop bien la fragilité de notre esprit, l'inconstance de notre cœur, les défaillances de notre caractère, pour ne pas soumettre les Apôtres et leurs successeurs à une règle invariable, à un magistère infaillible.

Mais, Nos très chers Frères, cette primauté d'honneur et de juridiction, nécessaire en droit et en fait, sera-t-elle d'une application facile? Une aussi formidable autorité ne manquera pas de porter ombrage. Et si le Collège apostolique vient à être décapité, quelles seront les conséquences de ce meurtre sacrilège? Cette *abomination de la désolation* est probable. Elle est même prévue. Le Prince des pasteurs, avant de monter lui-même au Calvaire, avertit ses disciples du sort qui les attend, après lui. Écoutez-le : « Je vous envoie comme des brebis au milieu des loups... Défiez-vous des hommes; il vous feront comparaître dans leurs assemblées et fouetter dans leurs synagogues; et, à cause de moi, vous serez conduits devant les gouverneurs et les rois, pour leur servir de témoignage aussi bien qu'aux nations... Le frère livrera le frère à la mort et le

_____

(1) Act. des Ap., xx, 28.

père, le fils... Vous serez haïs de tous à cause de moi (1). »

Cette triste prédiction ne tarda pas à s'accomplir. Pierre devait être crucifié, comme son Maitre. Il voulut par humilité mourir la tête en bas. Pendant trois siècles consécutifs, ses successeurs périrent presque tous de mort violente. Ensuite, ils furent brutalement traînés en exil. Et pourquoi? J'en appelle au témoignage de l'un d'entre eux, qui soutint énergiquement la lutte, toujours ancienne et toujours nouvelle, du Sacerdoce contre l'Empire. Acclamé par le peuple et par le clergé de Rome, l'archidiacre Hildebrand supplia l'empereur Henri IV de ne pas confirmer son élection. Après l'avoir averti que, s'il devait se résigner à monter sur le trône pontifical, il réprimerait les abus et les désordres dont souffrait l'Église, saint Grégoire VII tint parole. Il put dire, en mourant à Salerne : *J'ai chéri la justice, j'ai haï l'iniquité; c'est pour cela que je meurs en exil.*

Dans le cours des siècles suivants, d'autres Pontifes, bannis comme lui et pour les mêmes motifs, reprirent possession de la Chaire apostolique. Tous furent remplacés providentiellement, envers et contre la rage des tyrans ou les emportements populaires. Nous avons vu mourir Pie IX, après le plus long règne qu'ait enregistré l'histoire ecclésiastique; Pie IX, le pape le plus aimé mais

(1) S. Matth., x, 16 et suiv.

non pas le moins tourmenté ! Il est tombé vaillamment au milieu de ruines qui ne sont pas encore réparées. Léon XIII lui a succédé, dans des circonstances extraordinaires, qui inspiraient des craintes trop fondées. Et, malgré le malheur du temps, ce docte et sage Pontife règne à son tour, enfermé au Vatican, d'où il exerce une salutaire influence et réclame avec autant de modération que de fermeté la liberté qui lui est nécessaire pour gouverner l'Église. Et deux cent millions de catholiques le vénèrent, l'aiment, espèrent en lui seul, après Dieu, prient pour lui et chantent, de toute leur âme et de tout leur cœur :

Dominus conservet eum et vivificet eum et beatum faciat eum in terra et non tradat eum in animam inimicorum ejus !

Jusqu'à la fin du monde durera le même spectacle, tour à tour douloureux et joyeux, toujours glorieux. On professera la même foi ; on pratiquera la même morale ; on participera aux mêmes sacrements ; on redira les mêmes prières ; on chantera les mêmes cantiques. Et, lorsque le colossal obélisque, qui proclame au milieu de la place de Saint-Pierre, à Rome, le règne imprescriptible et le triomphe assuré du Christ, aura été renversé ; lorsque la majestueuse coupole de la Basilique Vaticane n'existera plus, les anges chanteront en chœur, au plus haut des cieux : *Christus vincit ! Christus regnat ! Christus imperat !* Et les élus s'associeront à ce concert éternel... Et au firma-

ment de l'Église triomphante, on lira, — non plus
ces mots prophétiques, qui servent de couronne
au tombeau des apôtres Pierre et Paul : *Tu es
Petrus et super hanc petram ædificabo Ecclesiam
meam et Portæ inferi non prævalebunt adversus
eam,* — mais ceux-ci : *Christus heri, Christus
hodie, Christus in sæcula sæculorum !... Gloria
Patri et Filio et Spiritui sancto ! Amen ! Alleluia !*

Jésus voyait toutes ces splendeurs; il entendait
toutes ces harmonies, lorsqu'il dit à Pierre :
« Simon, fils de Jean, est-ce que tu m'aimes plus
que ceux-ci? Pierre répondit : Seigneur, vous
savez que je vous aime. Jésus lui dit : Pais mes
agneaux. Il lui dit une seconde fois : Simon, fils
de Jean, m'aimes-tu? Il répondit : Oui, Seigneur,
vous savez que je vous aime. Jésus lui dit : Pais
mes agneaux. Il lui dit pour la troisième fois :
Simon, fils de Jean, m'aimes-tu? Pierre s'affligea
de ce que Jésus lui demandait, pour la troisième
fois, m'aimes-tu? Il lui répondit : Seigneur, vous
connaissez toutes choses, vous savez que je vous
aime. Et Jésus lui dit : Pais mes brebis (1). »

L'épreuve avait été longue et cruelle pour le
cœur contrit, humilié, aimant et dévoué de l'apôtre.
Satisfait de cette triple affirmation, Jésus pro-
nonça la suprématie de Pierre. Précédemment il
lui avait donné d'autres leçons insuffisamment
comprises : Simon, Simon, lui disait-il avant sa

_____

(1) S. Jean, xxi, 15 et suiv.

Passion, Satan vous a demandés pour vous cribler comme on crible le froment. Mais j'ai prié pour toi, afin que ta foi ne défaille point. Lors donc que tu seras converti, aie soin d'affermir tes frères (1). »

Fort de cet avertissement et de cette prière, Pierre prit dans le Collège apostolique la première place et y exerça sa prérogative, après l'Ascension du Sauveur. « Pierre, dit Bossuet, paraît le premier en toutes manières : le premier à confesser la foi ; le premier dans l'obligation d'exercer l'amour ; le premier de tous les Apôtres qui vit Jésus-Christ ressuscité des morts, comme il en devait être le premier témoin devant tout le peuple ; le premier, quand il fallut remplir le nombre des Apôtres ; le premier qui confirma la foi par un miracle ; le premier à convertir les Juifs ; le premier à recevoir les Gentils ; le premier partout... Mais je ne puis tout dire... Tout concourt à établir sa primauté ; oui, tout, jusqu'à ses fautes... (2). »

La définition de l'infaillibilité du Pape, au concile du Vatican, est la conséquence logique de ces faits et de tant d'autres initiatives prises par les papes en matières de foi, de mœurs et de discipline générale, conformément à l'Écriture et à la Tradition.

Il faut admirer encore, Nos très chers Frères, le moyen terme auquel recourut le Fondateur de l'Église, pour y pondérer et y harmoniser les pouvoirs.

(1) S. Luc, XXII, 31, 32. — (2) Sermon sur l'un. de l'Église.

« Si tous ses ministres eussent été évêques,
sous un seul pontife suprême, les liens de l'unité
se fussent facilement rompus, à cause de la
dignité et de l'indépendance trop grande où eût
été chaque ministre. Jésus-Christ institua donc
le presbytérat, qui devait, sous l'autorité des
évêques, répandre la parole évangélique, offrir
le sacrifice et administrer une partie des sacrements, puis le diaconat, pour aider les prêtres
dans leur ministère.

» Le Vicaire de Jésus-Christ devait avoir juridiction, lier et délier par toute la terre ; seul il
pourrait instituer les évêques, leur assigner un
territoire et un troupeau. Les évêques devaient
avoir juridiction, lier et délier dans leurs provinces
respectives, assigner, sous eux, aux prêtres, un
territoire et un troupeau. Les prêtres devaient
communiquer directement et habituellement avec
les simples fidèles, offrir pour eux le Saint-Sacri-
fice, administrer les sacrements, sauf ceux de la
Confirmation et de l'Ordre, annoncer la parole
de Dieu. Les décisions de la foi, les règlements
de discipline générale, le gouvernement de
l'Église n'appartiendraient qu'au Souverain Pontife et aux évêques. L'Église ainsi constituée avait
l'unité d'une monarchie, l'action expansive d'une
démocratie, et entre deux le tempérament d'une
forte aristocratie, unissant de la sorte, dans son
sein, tous les éléments de la puissance : l'unité
qui coordonne, l'action qui étend, la modération

qui empêche l'unité d'être absolue et l'action
d'être indépendante : économie parfaite qu'aucun
gouvernement n'a jamais possédée, parce que,
dans tous les gouvernements humains, les trois
éléments de la puissance ont toujours cherché à
se détruire l'un l'autre, à cause des passions de
l'homme. Dieu seul, par son Fils, a fait ce chef-
d'œuvre. Telle est la hiérarchie qui fut fondée
pour assurer à jamais les destinées de la vérité (1). »

C'est pourquoi le S. Concile de Trente a frappé
d'anathème quiconque oserait dire qu'il n'y a pas
dans l'Église une hiérarchie, d'institution divine,
composée d'évêques, de prêtres et de ministres
subalternes (2).

III

Oh ! l'étonnant assemblage, Nos très chers
Frères ! Tout y est faible et caduc, en apparence ;
en réalité, tout y est fort et permanent. C'est une
cohésion magnifiquement ordonnée. L'Église du
Christ est vraiment *cette Reine parée de divers
ornements* (3).

Qui donc a pu rapprocher des éléments si
imparfaits pour constituer un tout si complet ?
Celui qui tira les mondes des profondeurs inson-

---

(1) Lacord., deuxième Conf., année 1835. — (2) Sess. XXIII, ch. I.
can. 6. — (3) Ps. XLIV, 10.

dables du néant, était seul capable de cette
inimitable et miséricordieuse opération. En effet,
quel établissement fait de la main du plus habile
ouvrier pourrait être rapproché avec avantage de
celui-là ? Où trouver une réunion d'hommes aussi
bien subordonnés, ayant promis, après mûre
réflexion, respect absolu et obéissance filiale,
possédant la même doctrine, observant la même
morale, se soumettant à la même discipline,
aspirant au même but, montrant le même dévouement, poussé, quand il le faut, jusqu'à l'héroïsme
et au sacrifice ?

Or, cet ordre de personnes et de choses existe
depuis tantôt dix-neuf cents ans. Celui qui eut
cette hardiesse et cette puissance, affirma que
rien, sur la terre ni dans les enfers, ne réussirait
à détruire son ouvrage.

Viennent donc successivement les bourreaux,
les apostats, les barbares, les hérétiques, les
schismatiques, les excommuniés, les sophistes,
les libres-penseurs, les positivistes, les socialistes,
les nihilistes, les haineux ou les indifférents :
l'Église leur opposera victorieusement ses
martyrs, ses fidèles, doux et humbles de cœur,
ses docteurs, ses philosophes, ses théologiens,
ses historiens, ses orateurs, ses moines, ses
religieux, ses sœurs de charité, ses Ordres actifs
et contemplatifs, ses solitaires, ses lévites, ses
prêtres, ses évêques, ses papes, ses autels et son
tabernacle, c'est-à-dire la grâce et l'Auteur invi-

sible de tout don parfait, en attendant la gloire et la vision béatifique. Elle entendra souvent les clameurs de ses ennemis conjurés et se vantant d'avoir raison d'elle dans quelques lustres. Après avoir enduré patiemment leurs outrages et leurs persécutions, elle aura pitié d'eux, leur ouvrira ses bras maternels, désireuse de les presser sur son sein. Tôt ou tard, convertis ou impénitents, ils seront réduits à confesser humblement leur révolte, en implorant un pardon facile, ou bien, malgré ses avances, ses gémissements et ses larmes, mourant dans l'impénitence finale, *ils entreront les uns après les autres dans la maison de leur éternité* (1). Malheur à ceux qui l'empêcheront de bénir leur tombe, lors même qu'elle n'aurait pas protégé leur berceau et dirigé leur existence !

Ruunt et stat !

Comptez, s'il est possible, Nos très chers Frères, les empires, les royaumes, les républiques qu'elle a vus paraître et disparaître. Chez nous, sans parler de nos voisins et de tout autre peuple, que de chefs de l'État ont été combattus, trahis et renversés ! Que d'assauts donnés aux diverses formes de gouvernement ! Combien, de mémoire d'homme, n'a-t-on pas voté de Constitutions ?

Celle de l'Église n'a pas varié.

Ruunt et stat !

(1) Eccl., xii, 5.

C'est qu'elle garde l'Arche sainte de la vérité.

Or il est écrit : *La vérité du Seigneur demeure éternellement* (1).

Les sociétés humaines se transforment et quelquefois périssent.

L'Église se développe et se manifeste toujours davantage. Des Juifs, elle a passé aux Gentils ; de l'Orient, à l'Occident. Sa marche, plus ou moins accélérée, est incessante. Elle doit visiter et enseigner toutes les nations. Chemin faisant, elle est méconnue et maltraitée. Elle se retrempe dans l'épreuve, comme l'or s'épure dans la fournaise. *Le sang des martyrs*, disait Tertullien, *est une semence de chrétiens*. Elle en a acquis la douloureuse mais consolante certitude. Le passé lui répond de l'avenir.

Ne nous arrêtons point à peindre la situation qui lui est faite aujourd'hui, du couchant à l'aurore. Admirons plutôt sa foi, son espérance et sa charité mise en action, sous toutes les latitudes, par ses prêtres et par ses fidèles. De nombreuses et lamentables défections lui brisent le cœur, sans la décourager. Au besoin elle réclame hautement la liberté apostolique. A ses yeux, tous ses enfants sont frères, amis ou ennemis, justes ou pécheurs. Tout en pesant au poids du sanctuaire leurs vertus et leurs mérites, elle travaille à les rendre égaux devant Dieu ; ses entrailles de mère lui inspirent

(1) Ps. cxvi, 2.

des égards, des commisérations, des tendresses
inénarrables pour ses pauvres prodigues. Dans
l'espoir de les ramener au bercail, elle leur envoie
partout des pasteurs zélés prêts à donner leur
vie pour leurs brebis.

Dans quelques jours, Nos très chers Frères,
un nouveau et vigilant gardien du camp d'Israël
viendra se faire armer par Nous pour le bon
combat. Après avoir répandu sur son front le
saint chrême, avoir revêtu sa tête du casque du
salut, et lui avoir mis au doigt et dans la main
l'anneau et la houlette, signes de l'alliance et du
commandement, Nous lui dirons avec confiance :
Le moment est venu de vous mettre à l'œuvre ;
travaillez comme un bon soldat du Christ (1).

Remarquez encore, Nos très chers Frères, que
tous ces insignes symboliques dont il sera muni,
ne lui auront été donnés qu'à bon escient. Le
vénéré Prélat qui sollicitera pour ce nouveau
Frère d'armes, au nom de la sainte Église, la
charge redoutable de l'Épiscopat, devra répondre
à cette question :

Avez-vous un mandat apostolique ?

Sans une Bulle en bonne et due forme, point
d'investiture ! Arrière les intrus !

En outre, on exigera de l'élu des engagements
sacrés, conformes à la Tradition et rigoureu-
sement prescrits par le droit canonique, entre

(1) 2me à Tim., II, 3.

autres, celui d'aller régulièrement *voir Pierre* (1).
Il fera publiquement et explicitement sa profession
de foi.

Toutes ces formalités remplies, toutes ces précautions prises, tous ces rites accomplis, comblé
de grâces de choix, le Pontife apparaîtra, trans-
figuré, au clergé et au peuple chrétien. La religieuse assistance, vivement impressionnée, s'in-
clinera amoureusement sous sa main bénissante
et pleine de faveurs surnaturelles. Il ne restera
plus qu'à remercier Dieu de cette consécration,
faite sous d'heureux auspices et qui sera le gage
d'un épiscopat fécond. Mille voix attendries trouveront un écho puissant sous les voûtes de la
splendide Basilique où sainte Anne, notre douce
Protectrice, reçoit les hommages les plus légitimes
et les plus empressés. Ce jour-là, en Normandie,
comme en Bretagne, des cœurs dévoués, des
âmes avides de recevoir l'envoyé du Seigneur,
rediront sans fin :

AD MULTOS ANNOS !

--- --- --- --- --- ---

(1) Gal., I, 18.

XIX. — PÈLERINAGE A SAINTE-ANNE

(17 juin 1883)

Nos très chers Frères,

Interrompues pour quelques jours, Nos visites pastorales Nous ont procuré de douces consolations et de vives jouissances. Vous Nous avez, d'ailleurs, habitué à ces élans généreux, qui permettent de concevoir les plus fermes espérances pour l'avenir religieux de notre beau diocèse. L'ardeur de votre charité égale la vivacité de votre foi. Dieu en soit béni! Appliquons-nous tous avec plus de ferveur que jamais à son service. Notre courage et notre piété doivent grandir en raison des périls qui nous menacent et de la redoutable propagande dirigée contre nos croyances, nos mœurs et nos coutumes.

Nous remercions sincèrement les prêtres et les fidèles de l'accueil si touchant qu'ils Nous ont fait. Ils auront à cœur de conformer leurs paroles et leurs actes à Nos paternelles exhortations. Demeurons tous inflexibles dans les limites de nos droits et dans l'accomplissement de nos devoirs. Charitables, jusqu'à l'abnégation, à l'égard des personnes, ne négligeons rien pour maintenir dans toute leur intégrité les bons principes.

Ce n'est pas d'aujourd'hui que les Puissances de l'Enfer sont conjurées *contre le Seigneur et contre son Christ.*

Confiance, Nos très chers Frères ! Il est écrit : *Non prævalebunt !*

Cependant, si nous devons nous garder du découragement, il ne faut pas nous laisser aller à la présomption.

Considérant l'acharnement des uns, la mollesse des autres, l'insouciance d'un grand nombre, le trouble des esprits, l'affaissement des caractères, nos infirmités personnelles, *levons les yeux vers les saintes montagnes...* C'est du Ciel que nous viendra le secours.

Dans l'espoir fondé d'obtenir grâce, supplions les anges et les saints de nous protéger et d'intercéder pour nous.

Un souffle salutaire pousse irrésistiblement les vrais chrétiens vers les sanctuaires renommés. Il a déjà conduit jusqu'au tombeau du Sauveur des foules pénitentes.

Pour suivre ce courant de bon augure et nous associer à ces expiations solennelles, il n'est pas nécessaire que nous partions pour Rome et Jérusalem avec les Croisés du XIX° siècle. La France a ses lieux célèbres de pèlerinage où Dieu fait éclater merveilleusement sa puissance et sa bonté. Chaque province rend à ses protecteurs insignes un culte de prédilection et de gratitude. Au-dessus d'eux, sur la terre comme au ciel, la Reine de tous les saints prodigue les trésors de grâces dont elle est la dispensatrice. Elle reçoit dans notre pays, sous des noms qui rappellent autant de prodiges, les hommages les plus empressés. Toutefois Marie semble laisser à sa Mère le soin de veiller plus particulièrement sur nous. Sainte Anne est notre Patronne. A l'exemple de nos pères, nous la vénérons à l'envi ; nous l'invoquons sans cesse. Notre piété filiale lui a élevé au cœur de la Bretagne un temple splendide. C'est là que nous aimons à lui rendre nos devoirs. C'est là qu'elle nous comble de bienfaits. Qu'ils sont beaux les jours des grands Pardons ! En voyant arriver, par tous les chemins qui aboutissent à ce lieu béni, des milliers de pèlerins, heureux de se prosterner ensemble au pied de l'image miraculeuse, comment ne pas être ému jusqu'aux larmes de leurs chants et de leurs prières !

Ce spectacle édifiant nous sera offert extra-ordinairement *le 17 juin prochain*.

Les Directeurs de l'*Union catholique* se sont mis à l'œuvre, comme l'an dernier, à pareille époque, avec un zèle admirable, dans l'unique but d'obtenir, par l'intercession de sainte Anne, la conservation et la propagation de la foi dans notre pays.

Honneur à ces vaillants chrétiens, *qui cherchent avant tout le royaume de Dieu et sa justice*, per-

suadés que *le reste leur sera donné par surcroît !*
Nous les félicitons de si bien comprendre nos
plus chers intérêts. Espérons que leur appel sera
entendu spécialement dans notre diocèse. Il serait
à souhaiter que tous les cantons, à défaut de
toutes les paroisses, fussent représentés à ce
pèlerinage. Monseigneur le Cardinal-Archevêque
de Paris veut bien venir le présider. Son Éminence
met ainsi le comble à la bienveillante affection
qu'Elle Nous a témoignée en toutes circonstances.
nous saluons dès aujourd'hui, avec respect et
reconnaissance, la prochaine arrivée du Prélat (1).
En retour de cette gracieuse condescendance,
nous prierons sainte Anne de prendre sous sa
protection l'illustre prince de l'Église dont les
vertus, les lumières et la haute sagesse sont
admirées de tous.

---

(1) Au dernier moment, le Cardinal Guibert fut retenu à Paris
par de graves affaires.

XX. — AUX PÈLERINS DE SAINTE-ANNE

(31 MARS 1889)

PIEUX PÈLERINS,

Il Nous est pénible de venir solliciter encore votre charité pour une œuvre qui nous avait coûté si cher et que nous avions lieu de croire achevée dans les meilleures conditions. Vous aurez à cœur de Nous aider à sortir promptement de l'onéreuse situation qui nous est faite. Votre piété filiale envers la Protectrice de notre pays Nous est un sûr garant du généreux concours que vous Nous prêterez en cette circonstance. Toutes les précautions possibles seront prises pour rendre efficace le nouveau sacrifice pécuniaire dont il s'agit.

Il faut espérer qu'aux prochaines fêtes de sainte Anne, la statue de notre Patronne sera replacée au haut de la tour où elle fut élevée pour répondre à vos vœux, et que, cette fois, elle y restera inébranlable pendant des siècles.

Ayons donc courage et prenons confiance, pieux pèlerins! Les épreuves auxquelles il plait à la divine Providence de soumettre notre vertu, sont autant d'occasions de mérite devant Dieu. *Ceux qui auront semé dans les larmes, moissonneront dans la joie.*

Recevez, avec ma bénédiction, l'assurance de ma sincère gratitude et de mon religieux dévouement.

XXI.— ANNONCE DU VINGT-CINQUIÈME ANNIVERSAIRE
DE MA CONSÉCRATION ÉPISCOPALE

(Extrait de ma Lettre pastorale à l'occasion du Carême de 1891)

Nos Très chers Frères, ce que Nous venons d'écrire, après avoir beaucoup réfléchi et prié, emprunte, pour Nous, à un mémorable anniversaire, une importance et même une gravité exceptionnelles. Cette déclaration, Nous vous l'avons faite plus ou moins explicitement, à diverses reprises, depuis vingt-cinq ans. En effet, il y a déjà un quart de siècle que Nous avons reçu mission de *vous enseigner toute vérité, d'insister à temps, à contre-temps, de reprendre, de supplier, de menacer, en toute patience et doctrine* (1).

Ce fut le 30 décembre 1865 que le chef de l'État, Nous tirant de Notre obscurité, Nous proposa pour le siège épiscopal de Vannes au Pape glorieusement régnant. Pie IX n'avait pas encore été dépouillé de tout le domaine de Saint Pierre. Sa Sainteté daigna, malgré Notre insuffisance, ratifier le choix de l'Empereur, qui, lui aussi, devait

_____

(1) 2ᵐᵉ à Tim., ɪv, 2.

subir, quelques années plus tard, *toutes les extrémités des choses humaines...*

Depuis lors, que d'événements! que de bouleversements! que de ruines, en France et en Italie! N'est-ce pas le lieu de nous écrier avec Bossuet : *Quel état et quel état!* Durant ce laps de temps — *grande ævi spatium!* — avons-Nous répondu, Nous-même, à Notre sublime vocation? Celui qui *scrute les cœurs et les reins* (1), pourrait, seul, le dire sciemment. Qu'il Nous soit permis de Nous rendre le consolant témoignage de ne pas vous avoir dissimulé la vérité, de Nous *être dépensé pour votre sanctification* (2). Il Nous est doux d'ajouter qu'il serait injuste de compléter le texte de l'Apôtre, par les regrets qu'il exprimait aux chrétiens de Corinthe.

Souffrez encore, Nos très chers Frères, que Nous rappelions une des promesses que Nous n'hésitâmes pas à vous faire, lorsque Nous parvint l'effrayante nouvelle que Nous étions destiné à devenir *le Père de vos âmes.* Il nous plaît de répéter, avec saint Paul : *Vous êtes dans mon cœur à la mort, à la vie. Je vous parle avec beaucoup de confiance; j'ai grand sujet de me glorifier de vous; je suis rempli de consolation; je suis comblé de joie parmi toutes mes souffrances* (3). Nous avons tenu parole. Cependant cette fidélité ne suffirait pas à

---

(1) Ap., II, 23. — (2) IIe aux Cor., XII, 15. — (3) IIe aux Cor., VII, 3, 4.

Notre justification. A la pensée du compte redoutable que Nous aurons à rendre à Dieu de Notre longue administration, Nous sentons le besoin de vous demander pardon de ne vous avoir pas suffisamment instruits et édifiés. Car, si vous n'avez pas fait de plus grands progrès spirituels, si beaucoup, hélas! ont déserté le bercail, si d'autres se sont perdus, n'est-ce pas par Notre faute? O la poignante incertitude! Il Nous semble parfois, aux heures de plus grande solitude et de plus profond recueillement, entendre une voix qui Nous interroge ainsi : *Sentinelle, qu'avez-vous vu cette nuit! Sentinelle, qu'avez-vous vu cette nuit?* (1) Je vous avais confié de riches trésors, dans les centaines de mille âmes commises à votre sollicitude pastorale; comment les avez-vous fait fructifier? Avez-vous parlé, agi, encouragé, réprimandé, corrigé, dirigé, comme il convenait? Si *l'homme ennemi est venu semer l'ivraie sur le bon grain* (2) dans le champ que vous aviez à cultiver; si l'infatigable *adversaire qui, comme un lion rugissant, rôde autour de la bergerie* (3), a dévoré vos brebis, n'est-ce pas parce que vous avez manqué de vigilance et d'intrépidité? Avez-vous vraiment réalisé mes espérances? *Avez-vous combattu vaillamment le bon combat, gardé la foi* (4) et les bonnes mœurs?

(1) Isaïe, xxi, 11. — (2) S. Matt., xiii, 25. — (3) Ire de S. Pierre, v, 8. — (4) IIe à Tim., iv, 7.

Avant que la trompette du jugement dernier
annonce la résurrection générale et l'épouvantable
confrontation qui la suivra, Nous entendrons
bientôt la sentence prononcée sur chacun de nous
à la fin de sa carrière. Or, la rigueur de ce jugement particulier et sans appel sera, dit un Père,
proportionnée à la dignité de celui qui le subira.

De grâce, ô Nos très chers Frères, ayez pitié
de Nous ! Assistez-Nous de vos ferventes prières.
Vous ne Nous refuserez pas surtout vos pieux
suffrages, lorsque Nous aurons dû Nous résigner
à voir briser par la mort les liens si étroits et si
doux qui nous unissent depuis longtemps les uns
aux autres.

Vous aurez aussi la charité de faire spécialement mémoire de Nous, le 24 et le 25 juillet prochains, s'il plait à Dieu que Nous célébrions
solennellement le vingt-cinquième anniversaire
de Notre consécration épiscopale, d'abord dans
Notre église cathédrale, près du tombeau de saint
Vincent Ferrier, ensuite dans la basilique de
Sainte-Anne, au pied de la Statue miraculeuse de
la Patronne de la Bretagne. De loin ou de près,
prêtres et fidèles voudront bien Nous donner cette
nouvelle preuve de leur attachement filial. Aucune
autre invitation ne sera adressée par Nous à Nos
bien-aimés Coopérateurs. A tous égards, il Nous
convient de mettre à profit, en cette conjoncture,
la recommandation que le vénérable Curé de
Notre-Dame des Victoires Nous fit, en Nous offrant

si gracieusement son église paroissiale pour la cérémonie de Notre sacre : « Méditez souvent, dit-il, cette parole de Notre-Seigneur : *Apprenez de moi que je suis doux et humble de cœur* (1). »

En outre, les tristesses et les inquiétudes que nous cause à tous la situation qui nous est faite, n'imposent-elles pas la plus grande simplicité, même dans la manifestation de nos joies de famille ? Nos prières et Nos actions de grâces toucheront d'autant mieux le cœur de Dieu que Nous ne rechercherons point les applaudissements des hommes.

_____

(1) S. Matt., xi, 29.

DISCOURS ET ALLOCUTIONS

———————

I. — PÈLERINAGE DU 8 DÉCEMBRE 1872, AUQUEL PRIRENT PART LES DIOCÈSES DE RENNES, DE NANTES, DE QUIMPER ET DE VANNES, SOUS LA CONDUITE DE LEURS ÉVÊQUES

1° A la Scala-Sancta

MES FRÈRES,

L'éloquent discours que Monseigneur Fournier vient de vous adresser, était bien fait pour soulever les applaudissements par lesquels nous l'avons tous accueilli. Dieu me garde de rompre le charme sous lequel se complaisent vos esprits et vos cœurs !

Vos premiers pasteurs avaient confiance en vous ; c'est pourquoi ils n'ont pas hésité à vous convier à ce pèlerinage extraordinaire, pour remercier sainte Anne d'avoir préservé de l'invasion sa chère Bretagne. Voici les engagements pris en votre nom :

« Les nombreux pèlerins qui accepteront notre » rendez-vous, n'auront d'autre préoccupation que » d'honorer sainte Anne, de la remercier, de ré- » clamer son appui, d'obtenir, par son entremise, » le salut de la France et le triomphe de l'Église. » Ceux qui auraient la témérité de nous prêter des » vues trop humaines, nous calomnieraient une » fois de plus. Aucun discours suspect ne sera » tenu en cette rencontre. Personne ne portera » d'emblèmes compromettants. Nos croix, nos » bannières, nos reliques, nos chants, nos prières » seront les symboles purement religieux de nos » convictions et de nos espérances. Si quelqu'un » des nôtres s'écartait de ce projet, qui, en vérité, » n'a rien d'inquiétant, il serait donc désavoué » d'avance. »

Nous demeurons fidèles à ce programme. Il nous serait donc permis de porter un défi à la mal-veillance, qui ne nous est point épargnée... Dieu me garde, mes Frères, de condamner ceux qui ne partagent pas nos croyances, sans se faire faute de critiquer nos saintes pratiques et de dénaturer notre dévotion bien légitime ! Prions plutôt sainte Anne de les éclairer et d'obtenir leur conversion. Les chrétiens doivent rendre le bien pour le mal...

Nos députés regrettent vivement de n'être pas

ici. Absents de corps, ils assistent d'esprit et de
cœur à cette imposante cérémonie. Demandons à
notre Patronne de les inspirer et de les soutenir
dans les luttes présentes et futures. Ils sauront
remplir leur devoir. Croyez-les désireux et capables
de justifier la confiance dont vous les avez honorés.

(Ce suffrage bien mérité fut accueilli par le cri
de : *Vivent les députés de la Bretagne !)*

Vous avez déjà acclamé chaleureusement le
Saint-Père, vous l'acclamerez de nouveau.....

(Et les pèlerins de crier, à trois reprises :
Vivé Pie IX, Pontife et Roi !)

Sa Sainteté, que Dieu garde ! m'a chargé d'une
mission qui me rend heureux et confus. C'est en
son nom que je vais vous bénir. A cette bénédiction apostolique est attachée une grâce dont le
prix vous est connu. Mais je dois réclamer *instamment* le secours de vos prières. C'est l'ordre
que j'ai reçu de notre Père commun. Oui, Pie IX
désire que vous priiez *pour le Saint-Siège, pour ses
besoins personnels et à toutes ses intentions.* Quelles
sont-elles ? Je crois pouvoir vous le dire sans
témérité. Pie IX, qui restera une des gloires de
ce siècle, attend le triomphe de l'Église, persécutée
dans sa personne pour la vérité et pour la justice.
Pie IX aime la France. Il a compati aux malheurs
inouïs qui sont venus fondre sur elle, qui l'ont
humiliée, appauvrie et précipitée dans des con-

vulsions effrayantes... Du fond de son palais,
converti en prison douloureuse, il appelle de tous
ses vœux la prospérité, l'indépendance et la gloire
de la Fille aînée de l'Église. Il espère qu'elle
reprendra bientôt le cours de ses magnifiques
destinées...

(Cris répétés de : *Vive la France !)*

La marine et l'armée sont dignement représentées ici... Je ne veux nommer personne ; mais
tout le monde me comprendra et m'approuvera,
si j'affirme que nous avons lieu d'admirer l'héroïsme uni à la piété la plus attendrissante. Ne
connaissons-nous pas de ces intrépides guerriers
qui, non contents d'avoir perdu un de leurs membres sur les champs de bataille, verseraient pour
le salut de leur patrie jusqu'à la dernière goutte
de leur sang généreux, et qui se font honneur de
donner humblement l'exemple de la pratique de
notre sainte religion !...

*(Vive le général de Sonis, vive l'Armée, vive la
Marine,* s'écrièrent des milliers de voix !)

2° Au Petit-Séminaire

Messeigneurs et Messieurs, notre jeune poète (1)
ne sera pas moins fier de vos applaudissements

(1) M. l'abbé Max. Nicol.

que de la fleur qu'il cueillait dernièrement aux
Jeux floraux. Je lui sais gré d'avoir fait parler sa
muse, pour vous payer, en mon nom, avec le
talent qui le distingue, un juste tribut d'éloges.
Pourrais-je me croire quitte envers vous, même
au prix de ces accents religieux et patriotiques?
Moi, je n'ai pour lyre qu'un pauvre larynx, qui
trouvera peut-être plus facilement grâce auprès
de vous que devant la Faculté. En tout cas, un
savant docteur, ici présent (1), m'a dit que chez
moi le cœur était bon. Je voudrais vous le prouver.

Mon vénéré Métropolitain connaît les sentiments
de tendre vénération que je lui ai voués. Sa Grandeur s'est acquis un nouveau titre à ma reconnaissance, en acceptant de présider cette admirable
manifestation de la foi bretonne.

Monseigneur l'Évêque de Nantes, l'orateur de
cette grande journée, a trouvé, ce qui n'a surpris
personne, des accents qui auront un long retentissement dans tout le pays. A mes trop justes
félicitations je joins mes sincères remerciements.

Si Monseigneur Nouvel n'a pas eu occasion ce
matin d'évangéliser nos pèlerins, il a, comme
toujours, prêché d'exemple. Portant humblement,
mais avec une dignité parfaite, son austère habit
de Bénédictin, il semblait au milieu de nous un re-

(1) M. le Docteur Regnault, professeur à la Faculté de Rennes.

venant du Moyen âge... Mais, en effet, c'est un revenant. Ne nous avait-il pas quittés par amour pour la solitude ? La divine Providence l'a ramené au lieu de son berceau. Le diocèse de Quimper a raison d'être fier de ce fils, devenu son père.

Voilà que la Basse-Bretagne voit partir avec regret un de ses autres enfants. Monseigneur de Léseleuc continuera de lui faire honneur. En ouvrant à ses diocésains son esprit et son cœur, il ne les fermera point à ses compatriotes, qui l'accompagneront de leurs vœux et le verront revenir avec bonheur prendre part à leurs fêtes.

Nous avons dû nous résigner aussi à nous séparer de Monseigneur Hillion. Il avait résolu de porter beaucoup plus loin toutes les richesses de son âme apostolique. Il me fut pénible de briser des liens si étroits et de perdre un coopérateur si précieux, Dieu le voulait ; que sa volonté soit faite !

Que ne puis-je faire parvenir aux habitants du Cap-Haïtien ce cri de mon admiration et de ma reconnaissance envers leur nouvel évêque : *Si scires donum Dei !*

Félicitons-nous, Messeigneurs et Messieurs, de voir la Marine et la Magistrature si noblement représentées au milieu de nous par Monsieur l'Amiral Gicquel des Touches et par Monsieur le Président Jumelais. A la préfecture Maritime de Lorient comme à la Cour de Rennes, ils jouissent l'un et l'autre de la plus haute considération. Je m'estime particulièrement heureux, Monsieur l'Amiral, d'avoir occasion de vous remercier de l'accueil si bienveillant qui m'attendait chez vous.

Messeigneurs et Messieurs, j'ai dit, avec la plus vive satisfaction, que nous sommes ici en famille. Monseigneur l'Archevêque de Rennes, qui s'appelle familièrement notre *grand-père* et qui nous traite en conséquence, ne me pardonnerait pas d'oublier le Père commun des pasteurs et des troupeaux. La joie si légitime que nous éprouvons, en ce grand jour, de rendre à notre vénéré Métropolitain tous les hommages qui lui sont dus, est troublée par la douloureuse et intolérable situation que la Révolution a faite au Chef de l'Église. Pie IX, spolié, captif, auprès du tombeau des Apôtres, attend, soumis, ferme, magnanime, l'accomplissement des desseins de Dieu sur lui et sur le Saint-Siège. Si les vœux que nous avons présentés aujourd'hui à notre Patronne, sont exaucés, ce digne successeur de saint Pierre n'aura pas jusqu'à la fin le sort du premier des papes. Puisse-t-il vivre longtemps encore et régner sur le monde catholique! Je suis certain, Messeigneurs et Messieurs, de réaliser un de vos plus ardents désirs, en vous proposant d'apposer votre signature à l'adresse que voici :

« Très Saint Père,

» La Bretagne, sous la conduite de ses Évêques, présidés par leur Métropolitain, est venue au sanctuaire de Sainte-Anne demander, par l'intercession de sa Patronne, le triomphe de l'Église et le salut de la France. Pour accomplir cet acte de foi et d'espérance, pouvait-elle choisir un plus beau jour que le glorieux anniversaire de la proclamation du dogme de l'Immaculée-Conception ?

» Informée de notre religieux dessein, Votre Sainteté a daigné nous envoyer sa bénédiction, en y attachant une indulgence plénière. Pasteurs et troupeaux n'ont qu'un cœur et qu'une âme, Très Saint Père, pour vous exprimer leur reconnaissance et se conformer à vos pieuses intentions. Si nos vœux sont exaucés, votre délivrance ne se fera plus attendre. Quoi qu'il arrive, notre attachement au Saint-Siège égalera toujours notre vénération et notre amour pour votre personne sacrée.

» Au nom de quarante mille pèlerins, qui représentent ici notre catholique province, nous réprouvons de nouveau les spoliations iniques consommées dans les États du pape et les complots sacrilèges qui menacent Rome, l'Italie et le monde entier.

» Très Saint Père, par notre compassion et notre fidélité, nous proclamerons, à la vie, à la mort, vos douloureuses épreuves et vos droits imprescriptibles.

» Qu'il plaise à Votre Béatitude d'avoir pour agréables ces déclarations filiales. Humblement prosternés à vos pieds, nous sollicitons encore la faveur de la bénédiction apostolique. »

Pieux pèlerins de la dernière heure, soyez les bienvenus ! Ce n'est pas votre faute, si vous arrivez après d'autres. Appelés comme eux, au même titre et du même cœur, vous partageâtes leur élan. Qu'il dut vous coûter de voir partir vos parents et vos amis, sans pouvoir les accompagner dans ce voyage dont ils vous ont raconté les merveilles ! Offrant avec résignation à Dieu et à sainte Anne ce pénible sacrifice, vous persévérâtes dans votre religieux dessein. Et vous voici, nombreux, fervents, ne redoutant, comme ceux qui vous ont précédés, ni la rigueur de la saison ni les railleries de gens plus dignes de pitié que de colère. Vous nous apportez, avec le mérite de votre résignation d'hier, votre joie actuelle, vos espérances pour l'avenir. Vous confirmez ainsi ce vieil adage : *Il n'y a pas de belle fête sans lendemain.* Une seule chose vous préoccupe : vous ne vous proposez que d'honorer sainte Anne, de la remercier, de l'implorer, pour vous et pour ceux qui répondent à sa maternelle sollicitude par des blasphèmes odieux et des impiétés sans nom.

Il vous plait de boire à cette fontaine miraculeuse,
au lieu de vous enivrer au cabaret. Vous priez
avec humilité, confiance et charité, tandis que
d'autres discourent et écrivent avec orgueil, en
pure perte et non sans amertume. Vous montez
respectueusement, à deux genoux, cet escalier
de granit, qui rappelle une des dévotions les plus
touchantes de la *Ville sainte*, et que Pie IX a bien
voulu enrichir des mêmes indulgences. Votre
abaissement volontaire ne peut qu'être d'un bon
exemple pour la foule qui aspire à descendre tous
les degrés conduisant, tôt ou tard, l'esprit et le
cœur de l'homme à de cruelles déceptions et à des
humiliations honteuses. Loin de suspecter votre
conduite, on devrait plutôt, me semble-t-il, envier
votre sort.

Quelles sont, d'ailleurs, les lois divines ou
humaines qui condamnent ces actes de foi, d'espérance, de charité et de contrition?

Et c'est au nom de la liberté de conscience ou
des cultes que l'on prétendrait vous contraindre
à rester chez vous, quand une impulsion irré-
sistible vous presse de crier tout haut et publiquement : *Parce, Domine, parce populo tuo : ne in
æternum irascaris nobis !*

Seigneur, épargnez votre peuple; ne soyez pas
à jamais irrité contre nous !

Angeli, et archangeli, custodite nos !

Anges et archanges, gardez-nous !

Omnes sancti et sanctæ Dei, intercedite pro nobis !

Saints et saintes de Dieu, intercédez pour nous !

En vérité, on croit rêver. Quel affreux cauche-
mar! Eh quoi! à cette époque d'aspirations soi-
disant libérales, on aurait le triste courage de
favoriser la licence, pour étouffer la liberté !
L'erreur, l'injustice, le mal et l'enfer se ligueraient
impunément contre la vérité, le droit, le bien et
le ciel! Quelle que soit notre décadence, aurions-
nous le malheur d'être tombés si bas ? Pour moi,
j'ai meilleure opinion de mon temps et de mon
pays. Non, *toute chair n'a pas corrompu sa voie.*
Il y a encore de la droiture dans les idées, de la
noblesse dans les sentiments. La fermeté de
caractère et la grandeur d'âme ne sont pas aussi
rares parmi nous, que de misérables effronteries
porteraient à le craindre. On peut en juger par ce
qui se passe ici et dans d'autres lieux, *où Dieu se
montre toujours admirable dans ses Saints...*

Les catholiques n'ont rien à cacher. Ils détestent,
plus que personne, les équivoques. On aura beau
protester contre leurs démonstrations inoffensives,
dans lesquelles la patrie, sous l'égide de la
religion, a tout à gagner et ne court aucun risque.
C'est un droit sacré : nous le revendiquerons.
C'est un devoir : nous ne négligerons rien pour le
remplir. C'est un besoin de nos âmes : elles ont

faim et soif d'un pain supersubstantiel et d'une eau *qui rejaillisse jusqu'à la vie éternelle.* Nous voulons manger de ce pain fortifiant, boire de cette eau rafraichissante, persévérer ensemble dans la prière, rendant à Dieu l'adoration qui lui est due et à nos saints de prédilection, l'honneur qui nous rassure et nous console.

Ce n'est pas d'aujourd'hui, mes Frères, que le libre exercice de notre religion inspire des inquiétudes sans fondement. Lorsque les premiers chrétiens ne purent plus célébrer les saints mystères dans les temples que leur dévouement industrieux avait édifiés et embellis, ils creusèrent les catacombes. Hélas ! mes Frères, est-il nécessaire de remonter jusqu'à la naissance de l'Église pour trouver des briseurs d'autels, des martyrs et des bourreaux ? En vain chercherions-nous à pénétrer les desseins de la justice et de la miséricorde de Dieu sur la fin de ce siècle, qui a déjà dévoré tant de victimes humaines et accumulé ruines sur ruines. Il est permis d'assurer que les grâces seront proportionnées aux épreuves qui nous attendent. Ce qu'il y a de certain, c'est que l'ennemi du Maître et des disciples poursuivra son œuvre de perdition. Il faut d'autant moins s'effrayer de ses attaques, que les armes pour les repousser nous ont été fournies par les premiers apologistes et les premiers fidèles. Ceux-là

11

raisonnaient; ceux-ci priaient : les uns et les autres luttaient, souffraient, mouraient. Leurs luttes ne restaient point stériles ; leurs souffrances leur valaient un *poids immense de gloire*; leur sang engendrait de nouveaux chrétiens, non moins intrépides que leurs ainés.

Les écrits des Justin, des Tertullien, des Origène, sans parler de cent autres, fourniraient, au besoin des arguments de premier ordre contre la guerre déloyale et acharnée faite de nos jours au catholicisme, contredit dans son sacerdoce, dans son culte, dans son dogme, dans sa morale, dans sa discipline. Aussi bien notre symbole est mis en question, avec une légèreté qui ne doute de rien et une audace capable de tout.

Raison de plus, pour que ceux qui ont à cœur le triomphe des saines doctrines et la régénération de la société moderne, parlant sans peur, agissant sans reproche, cherchent des alliés au ciel, puisque la terre ne leur offre, la plupart du temps, que des adversaires, des insoucieux ou des impuissants.

Or, mes Frères, faisons-nous autre chose en pareille rencontre ? Je dirais volontiers, après un apologiste, *bien involontaire*, de notre pèlerinage du 8 décembre : « Ce que c'est que d'avoir à sa » tête un archevêque! » Prenons acte de cet aveu dépouillé d'artifices. Intentionnellement c'est une grossière insulte du plus mauvais goût. Par le fait même de son auteur, elle tourne à la louange du vénéré Prélat contre qui elle était dirigée. L'histoire sainte nous fournit un trait de ce genre tiré du livre des Nombres (1).

Vous le savez par une longue expérience, mes Frères, c'est un grand honneur et une ressource inappréciable, que d'avoir à sa tête un archevêque zélé, généreux, respecté, estimé, aimé, dont les œuvres parlent plus éloquemment encore que les discours. Aussi, Frères de l'archidiocèse de Rennes, nous estimons-nous aussi fiers de notre vénérable métropolitain, que vous l'êtes de votre digne archevêque. Au nom du dernier de ces suffragants, qui n'entend toutefois ne le céder à personne, quand il s'agira de rendre hommage à son supérieur hiérarchique, portez, je vous prie, à Monseigneur Saint-Marc, l'expression de ma juste gratitude. Vous y ajouterez mes sincères félicitations, à propos de ce sarcasme que l'on a eu la prétention d'adresser au Pasteur et au troupeau, sans remarquer qu'il partait de trop bas pour atteindre si haut et si loin. Ah! qu'il me soit permis de m'écrier, à mon tour, dans une tout autre intention, en jouissant du spectacle attendrissant que m'offrent aujourd'hui encore les

(1) NOMB., ch. XXIII.

pèlerins de Sainte-Anne, venus, en majeure partie,
du département d'Ille-et-Vilaine, sous la conduite
d'un respectable vicaire général : ce que c'est, en
effet, que d'avoir à sa tête un illustre Archevêque,
*un bon Pasteur, qui connaît ses brebis et que ses
brebis connaissent!* Ce que c'est que de pouvoir
compter sur le concours intelligent, actif, infatigable de coopérateurs tels que les prêtres
bretons! Ce que c'est que d'avoir à évangéliser
des populations honnêtes, laborieuses, simples
mais dignes, que le souffle révolutionnaire n'a
pas inclinées, en les pervertissant, vers toutes
sortes d'appétits grossiers et d'instincts sub-
versifs !

Mais, mes Frères, vous en conviendrez avec
moi, sans être Archevêque, un Pontife peut, par
son savoir, par son éloquence, par la respectueuse
sympathie qu'il inspire, par ses vertus, même
par l'humble habit qu'il porte, comme par le
caractère dont il est revêtu, exercer un empire
incontestable, un ascendant peu commun. Vous
m'avez compris...

Est-ce que les échos d'alentour ne redisent pas
encore aujourd'hui les accents émus et entraînants
par lesquels l'Évêque de Nantes charmait,
dimanche dernier, à cette imposante tribune, un
auditoire immense, dont les acclamations successives accusaient un enthousiasme spontané. Salut

à vous, chers *revenants* du 8 décembre! Ils ne sont
pas rares dans cette assemblée!

Je sais particulièrement gré aux étudiants en
droit et en médecine, de Rennes, de cette seconde
démarche qui les honore. Courage, nobles jeunes
gens! sainte Anne vous gardera. Sous ses auspices,
vous fournirez une carrière utile et méritoire.
Laissez dire les esprits forts : ils prennent de
grands airs de bravoure que leur conduite dément
aussitôt qu'il y a quelque danger à courir. Puisse
le respect humain ne jamais paralyser les bons
mouvements de vos âmes généreuses! A votre
âge, un acte d'humilité, qui ne manque point
d'énergie, est de bon augure. Mais regardez bien,
mes amis, à côté de nous, au haut de cette
Scala-Sancta, ne vous semble-t-il pas apercevoir
encore cet autre Évêque dont la science et la
sainteté égale la modestie et la pauvreté évangélique. Lui aussi est un *revenant* d'un autre âge et
d'un autre monde, regrettant la solitude d'où il
n'aurait pas voulu sortir. Jusqu'à son froc, tout
prêche en lui la pénitence, le zèle de la maison de
Dieu et du salut des âmes.

Vénérés Pontifes du Très-Haut, Dieu vous
rende à tous, au centuple, ce que vous nous
avez donné, de si bonne grâce, le 8 décembre, en
paroles, en actions, en édification! Ni l'inclémence d'un hiver capricieux, ni la multiplicité et

la gravité de vos occupations, ni les soins qu'exige
votre santé, rien ne vous a empêchés de nous
honorer de votre présence et de nous apporter
vos bénédictions. Sainte Anne, qui n'ignore point
l'ardeur de votre piété filiale, se chargera
d'acquitter la dette que votre humble collègue de
Vannes, ses prêtres et ses diocésains ont con-
tractée envers vous. A ces fins, nous répéterons
souvent :

« Sainte Anne, ô bonne Mère,
» Toi que nous implorons,
» Entends notre prière
» Et bénis tes Bretons ! »

Oh! oui, Mère, vous êtes bonne autant que
puissante. C'est pourquoi nous oserons nous adresser à vous avec une confiance justifiée depuis
longtemps par vos bienfaits. De grâce, écoutez-
nous; intercédez pour nous! Notre prière sera
persévérante comme notre dévotion envers vous,
pressante comme nos besoins temporels et spiri-
rituels. Elle aura la durée de nos maux, — hélas!
ils ne sont pas finis, — l'élévation des intérêts
sacrés que vous sauvegarderez, la profondeur de
l'abîme qui menace de nous engloutir, corps et
âmes! Patronne de la Bretagne, veillez sur votre
famille adoptive. Sauvez vos enfants : et ceux qui
vous invoquent maintenant avec moi, — et ceux

qui leur ont montré le chemin de ce sanctuaire, —
et ceux qui les y suivront, — et ceux qui, après
avoir eu recours à vous ici-bas, solliciteraient,
dans l'autre vie, votre assistance. Nos vœux ont
l'étendue et la générosité de notre patriotisme et
de notre religion, Sainte Anne, *délivrance des
captifs*, hâtez la libération de notre territoire ;
adoucissez la douloureuse situation des habitants
de l'Alsace-Lorraine, représentée à cette cérémonie
par une bannière voilée, d'un crêpe funèbre, qui
nous déchire le cœur. Obtenez pour le Vicaire de
Jésus-Christ une juste et nécessaire indépendance.
Pie IX n'a pas peu contribué à l'éclat de votre
culte. Il s'est vivement intéressé à la construction
de la chapelle que notre reconnaissance élève à
votre gloire. Ses riches offrandes en seront les
plus précieux ornements. En toute occasion, ce
grand Pape ouvre à vos dévots serviteurs le trésor
des indulgences. Il daigne s'unir à nous à cette
heure. C'est en son nom qu'il m'est donné de bénir
ce peuple fidèle, qui mettra toujours sa confiance
en vous, bonne Mère, *oui toujours !*

(14 et 15 avril 1873)

A la Scala Sancta

MONSEIGNEUR, (1)

NOS TRÈS CHERS FRÈRES,

Nous sentons que Nous ne pouvons garder le
silence. Notre Vénérable collègue Nous a demandé,
avant cette imposante cérémonie, de prendre la
parole après lui. Son désir est pour Nous un
ordre. L'occasion de faire acte d'humilité est
favorable. Nous la saisissons. N'avez-vous pas,
d'ailleurs, des droits particuliers à cette impru-
dence deux fois motivée? Dussé-je donc y laisser
le reste de ma voix et autre chose encore, je ne
me tairai pas.

Mais que dirai-je? Je sais, vous savez, comme
moi, un chant populaire, tout de circonstance en
cette octave de Pâques. En voici la dernière

(1) Monseigneur David.

strophe. Elle exprime les idées et les sentiments qui pénètrent mon âme, à la vue de ce qui se passe en ce saint lieu :

> *De quibus nos humillimas,*
> *Devotas atque debitas*
> *Deo dicamus gratias :*
> *Alleluia !*

Oui, Nos très chers Frères, de ce qui vient d'être dit avec une éloquence qui nous a charmés sans nous surprendre : de ce qui se fait ici depuis ce matin, avec une foi digne de vous et de notre catholique Bretagne, rendons très humblement à Dieu de justes et sincères actions de grâces. Aussi bien, n'est-ce pas Dieu qui vous a mis au cœur la sainte et fortifiante pensée de cette magnifique démonstration, qui rappelle les plus beaux siècles de l'Église? Ah! vous donnez ainsi au monde une bonne leçon. Certes, il en a grand besoin. La comprendra-t-il? Voudra-t-il en profiter? Espérons-le. Demandons cette grâce au Ciel, par l'intercession de sainte Anne. Ce qui n'est point douteux, c'est que la vivacité de votre piété filiale portera ses fruits. Soyez-en mille fois bénis !

Évêques, prêtres et fidèles de ces deux diocèses limitrophes sont faits pour s'entendre et vivre en frères, sous le regard de Dieu et la protection de leurs saints patrons. Ce n'est pas d'aujourd'hui que les uns et les autres ont donné des preuves incontestables de leur religion et de leur patriotisme. D'où proviennent leurs rapports édifiants

de bon voisinage, sinon d'une trop rare communauté de principes, d'usages respectables, de la
fermeté de leur caractère, de leur noble simplicité?

Chers habitants des Côtes-du-Nord, vous serez
heureux de m'entendre payer mon tribut de
vénération, d'amour et de gratitude à votre premier Pasteur, en retour de sa bienveillance à mon
endroit. Il se réjouira lui-même des éloges et des
remerciements que je vous exprime du fond de
mon cœur. Pourquoi chercherais-je à dissimuler
mon émotion et mon contentement? Qui resterait
insensible au spectacle ravissant que vous nous
offrez en ce beau jour de fête? Souffrez que je me
considère au milieu de vous comme en famille.
Tout semble m'y inviter. Mes yeux ne peuvent
considérer sans attendrissement la splendide bannière que nous devrons à votre générosité, et que
nous conserverons précieusement, en souvenir
de votre rapide passage. Me trompé-je, quand je
crois y apercevoir un emblème de notre attachement mutuel? Regardez plutôt les deux images
de ces saints Évêques qui se serrent fraternel-
lement la main, sous le bienfaisant patronage de
sainte Anne. Laissez-moi, je vous prie, considérer
cet heureux rapprochement comme un gracieux
symbole de nos dispositions respectives. Je vous
le jure, ce n'est pas seulement la main mais le
cœur que j'offre à votre Évêque et à son peuple.
Pasteurs et troupeaux, vivons de la même foi, de
la même espérance, de la même charité. Servons

à l'envi le même Maître. Recourons aux mêmes moyens de sanctification et de préservation. A l'exemple des premiers chrétiens, n'ayons qu'un cœur et qu'une âme. Ne formons qu'un seul troupeau, gardé par le Pasteur suprême.

J'ai mission de vous l'affirmer, Nos très chers Frères, le Souverain Pontife, dont la munificence égale la sollicitude, s'est chargé de pourvoir, en cette circonstance solennelle, à nos besoins spirituels. *Absent de corps, il a trouvé moyen de nous assister d'esprit et de cœur.* C'est en son nom que je vais vous bénir. Non content d'avoir, sur la demande de Mgr l'évêque de Saint-Brieuc, donné son approbation et ses encouragements à votre pèlerinage, Sa Sainteté a pris la peine de m'écrire à cette même fin; comme si Elle se fut repentie de n'avoir pas accordé d'assez larges faveurs aux pèlerins des 14 et 15 avril. Avec une délicatesse à laquelle il nous a accoutumés, notre Père commun Nous a dit : « Bénissez de notre part ce peuple fidèle. Que cette bénédiction apostolique lui porte bonheur, pour le temps et pour l'éternité ! qu'elle soit salutaire à tous ! que ceux-là même qui nous ont précédés, marqués du signe de la croix, et qui dorment du sommeil de la paix, y participent par voie de suffrage ! »

C'est donc, Nos très chers Frères, une indulgence plénière que Pie IX a bien voulu attacher à la bénédiction que je vous propose. O vous dont la mort a meutri le cœur, ne pleurez pas comme ceux qui n'ont plus d'espérance au delà du tombeau, car il vous est offert de soulager, peut-être de délivrer, des âmes qui vous sont chères dans l'autre vie... Inclinez vos fronts respectueux et reconnaissants sous la main du Vicaire de Jésus-Christ. Que vos cœurs se dilatent! Goûtez le bonheur ineffable de ce libre échange qui réjouit le ciel et console la terre.

Nos très chers Frères, connaissant votre amour pour l'Église, pour son auguste Chef et pour la France, il m'est facile de deviner que vous attendez de moi l'expression de vos plus ardents souhaits. Formulons par une prière en commun ces vœux bien légitimes qui partent de tous nos cœurs. Hélas! en passant par mes lèvres, ils perdront considérablement de leur mérite réel. Cependant prions tous ensemble :

Seigneur Jésus, combien de temps encore grondera cette horrible tempête qui a assailli de nos jours la barque de Pierre? O Dieu, nous vous en supplions, par sainte Anne et sa Fille immaculée, votre sainte Mère, commandez aux flots en courroux, chassez les monstres de l'abîme, et il se fera un grand calme. Le vénérable Pilote qui tient d'une main si ferme le gouvernail de cette barque de sauvetage, d'où nous ne voulons pas sortir, gardez-le bien ! Ses ennemis le poursuivent d'une haine implacable, malgré leurs protestations hypocrites. Après l'avoir condamné sans jugement, ils l'ont dépouillé, ils ont fait de son palais une

prison. Que complotent-ils encore? De quoi ne
sont-ils pas capables, et qu'arrivera-t-il, si vous
n'intervenez souverainement et promptement pour
mettre un frein à leur fureur et déjouer leurs
desseins sacrilèges? Seigneur, rendez la liberté
au noble captif du Vatican. Que ce saint Pontife
reprenne, libre de toute entrave, le plein exercice de son ministère! qu'il lui soit donné de
porter majestueusement, à la joie et pour le salut
du peuple chrétien, sa triple couronne avec tous
ses apanages! que les méchants soient confondus!
que les bons jouissent du triomphe de la vérité et
de la justice!

Dieu de bonté et de miséricorde, ayez aussi
pitié de notre infortunée patrie! Elle gémit,
humiliée, morcelée, épuisée, dans un rude escla-
vage. Affranchissez-la de cette odieuse servitude.
Par-dessus tout, épargnez-lui de nouvelles luttes
fratricides. Seigneur, trop de sang a coulé déjà.
Puisse-t-il être le dernier versé! Puisse la France
reprendre bientôt son rang d'honneur parmi les
nations chrétiennes! Pourvu qu'elle n'oublie plus
les obligations de son titre de Fille aînée de
l'Église, qui sont les conditions de sa gloire et de
sa prospérité! O Dieu! que la Fille et la Mère,
après avoir longtemps pleuré et cruellement
souffert ensemble, moissonnent dans la joie ce
qu'elles auront semé dans les larmes! En ce jour
de résurrection et de victoire, si vous nous en
faites la grâce, nous oublierons nos malheurs

passés, les tristesses, les inquiétudes et les menaces du temps présent. Envisageant l'avenir avec espérance, nous nous complairons à redire, sans toutes les préoccupations qui nous accablent aujourd'hui, ce chant d'allégresse :

> *De quibus nos humillimas,*
> *Devotas atque debitas*
> *Deo dicamus gratias :*
> *Alleluia !*

Au Petit-Séminaire

MONSEIGNEUR,

Vous en souvient-il ? — Que votre Grandeur me pardonne cette interrogation ? Ce n'est point, Monseigneur, que je m'oublie à douter de votre mémoire, d'autant que je vais vous rappeler une parole des plus bienveillantes. — Vous en souvient-il ? En apprenant que j'avais l'insigne honneur de devenir votre collègue, vous daignâtes m'écrire des choses aimables, comme vous savez les dire. Je me garderai bien de les publier ici. Il en est une qui peut se répéter, que j'aime à dire tout haut. Vous m'annonciez en ce temps-là ce qui s'est accompli depuis lors. Voici votre prédiction : « La voie ferrée projetée entre Saint-Brieuc et Vannes nous servira bientôt de trait-d'union. » En effet, les relations des deux diocèses devaient être singulièrement facilitées par cette ligne secondaire

qui relie les deux grands chemins de fer de l'Ouest.
Il existait dès lors des liens nombreux et étroits
entre les deux pasteurs et leurs troupeaux. Nulle
distance ne sépare à bien dire des âmes qui sont
faites pour se comprendre, s'estimer et s'aimer,
en vivant des mêmes principes, des mêmes traditions, des mêmes coutumes. Cependant le
progrès matériel, qui s'est opéré depuis six ans
dans nos contrées, a ses avantages appréciables
en pareille rencontre.

Il est vrai que la rapidité des communications
entre nos villes épiscopales ne date pas précisément d'aujourd'hui. Les feuilles publiques nous
ont instruits de cet heureux résultat, en nous
apportant la nouvelle de la bénédiction que vous
donnâtes récemment à ce que vous appeliez
d'avance un nouveau trait-d'union, et des paroles
éloquentes que vous prononçâtes à cette occasion.
Toutefois, j'ose dire que, pour nous, l'inauguration
de cette ligne qui nous rapproche encore, s'est
faite en ce jour de fête de famille.

Tout à l'heure, je parlais, selon votre désir, à
nos diocésains réunis. J'espère que les vôtres
auront accepté mes félicitations et mes remerciements, et que l'union des deux peuples en sera
comme cimentée.

Maintenant, dans l'intimité de nos deux familles
sacerdotales, il m'est doux d'épancher moins
solennellement mon cœur dans les vôtres, Monseigneur et Messieurs.

Vous n'ignorez point, Monseigneur, les sentiments de vénération, d'amour et de gratitude que vous m'avez inspirés. Que votre clergé veuille bien, à son tour, agréer l'expression de mon affectueuse estime et de mon religieux dévouement. Pasteur, prêtres et fidèles, nous sommes entendus pour vous accueillir non pas comme vous le méritez, mais comme nous le permettaient nos modiques ressources. Tenez-nous compte de la bonne intention et ne doutez jamais de la sincérité de nos assurances.

Sainte Anne a, en partie, exaucé nos vœux. Nous lui avions demandé de bénir votre voyage. Il a été heureux. Les fatigues qui en étaient inséparables, votre volonté et votre talent, Monseigneur, en ont triomphé à l'envi. Vous l'avez prouvé depuis ce matin par vos paroles et par vos actes.

Notre Patronne nous entendra encore, quand nous lui recommanderons votre retour. Hélas! il faut que déjà nous nous résignions à parler de séparation. Sainte Anne vous reconduira sains et saufs, Monseigneur et Messieurs, au sein de vos familles respectives, heureux, nous l'espérons, de ce pèlerinage attendrissant, aussi désireux de revenir que nous le serions de vous recevoir. Quoi qu'il arrive, nous conserverons du Pasteur et du troupeau le meilleur souvenir. Qu'il vous plaise de prendre au pied de la lettre ces fraternelles déclarations.

(LE DIMANCHE, 4 MAI 1873)

A la Basilique

Nos très chers Frères,

Laissez-moi vous dire l'émotion qui s'est emparée de mon âme, quand, à trois reprises, s'est échappée de vos lèvres ou, pour mieux dire, de vos cœurs, cette invocation : *Sancta Anna, via peregrinorum, ora pro nobis !* *Sainte Anne, chemin des voyageurs, priez pour nous !* C'était le signal de la séparation. Il est donc bien vrai que *nous n'avons point ici-bas de demeure permanente.* Cependant il fait bon en ce lieu béni du Ciel. Depuis ce matin nous y avons respiré ensemble un air pur et salutaire. Volontiers nous eussions dit : fixons ici notre tente. Mais non, il faut que chacun de nous la porte ailleurs. Partez donc, chers pèlerins, vous promettant de revenir, pour notre édification et pour votre propre satisfaction. Que les éléments vous soient propices ! Vous êtes attendus au foyer domestique. Notre bénédiction vous y accompagnera. Vous la partagerez frater-

12

nellement. Recevez la sincère expression de nos
félicitations et de nos remerciements. Nous aimons
à le proclamer bien haut, l'archidiocèse de Rennes
a largement payé son tribut de dévotion envers la
Patronne de notre chère Bretagne. Soyez-en mille
fois bénis! Présentez à votre premier Pasteur,
notre bien-aimé Métropolitain, l'hommage de notre
tendre vénération. Celui de ses vicaires généraux
qui le représente à cette cérémonie, nous servira
d'interprète auprès de sa Grandeur. Il lui dira non
seulement nos sentiments personnels, mais encore
le respect et la gratitude du clergé et des fidèles
de ce diocèse. Dieu garde longtemps à la tête de
cette belle province ecclésiastique ce vénéré
Prélat! qu'il nous soit donné bientôt de le voir
consacrer cette magnifique chapelle, dont il a
daigné poser la première pierre, et qui a été l'objet
de sa munificence accoutumée!

Avant de vous quitter, Nos très chers Frères, je
m'estime heureux de pouvoir vous répéter une
parole de consolation et d'espérance. Elle vient de
loin et de haut. C'est aussi un pèlerin qui nous l'a
apportée de Rome. Écoutez ce qui lui fut dit la
semaine dernière dans une audience que lui ac-
corda le Souverain Pontife :

« Vous êtes du diocèse de Vannes, mon fils; ah!
» de Vannes, en Bretagne... Je bénis le pasteur,
» je bénis le troupeau..... Que chacun de nous,
» dans la position où le bon Dieu l'a mis, travaille
» à assurer le triomphe de l'Église. Si ce triomphe

» tarde encore ; si l'Église a des épreuves, tant
» mieux ! Ne perdons pas courage ; s'il nous man-
» quait le courage, c'est là que nous devrions le
» chercher... » En disant ces mots, le Pape montra
à son heureux interlocuteur le crucifix placé sur
son bureau.....

Nos très chers Frères, accueillons, comme elle
le mérite, cette douce assurance et cette exhortation à ne point défaillir dans la lutte, quelles qu'en
soient la violence et la durée.

Qu'il me soit permis de dire, après le Pape : ce
triomphe de la sainte Église, objet de nos plus
ardents souhaits, vous aurez contribué à le hâter
et à le rendre certain. Vos chants, vos prières,
vos communions, votre foi, votre charité, votre
zèle, tout cela n'est-il pas de nature à toucher le
cœur de Dieu, à fléchir sa justice, à nous garantir
une victoire éclatante ? Ah ! pourquoi ceux qui vous
méconnaissent et vous calomnient, refusent-ils de
vous voir à l'œuvre et d'entendre vos accents, qui
pénètrent les cieux ! Ils seraient forcés de rendre
hommage à votre patriotisme aussi bien qu'à votre
religion. Car, en pareille rencontre, aux pieds de
notre puissante Patronne, notre patrie pourrait-
elle être oubliée ! Aujourd'hui encore, vous avez
plus fait pour sa gloire et sa prospérité que tant
d'autres qui sont loin de justifier par leurs actes
ce dont ils se vantent dans leurs discours. Ah ! s'ils
voulaient s'unir à nous pour demander pardon et
secours à Dieu et à ses saints, n'auraient-ils pas

meilleure grâce à se déclarer les sauveurs de la
France ?

Persévérez, Nos très chers Frères, dans la voie
où vous marchez avec honneur et dévouement...

Le but de votre pèlerinage a été parfaitement
défini ce matin, du haut de la *Scala Sancta*, par
Monseigneur Hillion, Évêque nommé du Cap-
Haïtien. Vous n'oublierez point qu'il vous a rappelé
vos titres et vos obligations de Français, de Bretons et de Catholiques. Qu'il soit remercié de s'être
exprimé de manière à vous charmer et à vous
convaincre. Aussi bien, Nos très chers Frères,
vous aurez à cœur de mettre en pratique ses conclusions. Après avoir été si bien évangélisés, vous
deviendrez vous-mêmes des apôtres éloquents. Ce
que vous raconterez de votre pèlerinage, édifiera
vos familles, qui n'ignorent pas plus que vous le
crédit dont jouit au ciel l'Aïeule de Notre Seigneur
Jésus-Christ et la bonté qu'elle témoigne à ses
dévots serviteurs. L'exemple d'une vie plus chrétienne encore exercera autour de vous une influence
efficace. Vous nous accorderez par surcroît une
part dans vos prières. Nous vous retrouverons,
s'il plait à Dieu, dans ce sanctuaire. En attendant,
que sainte Anne vous garde ! C'est un des meilleurs
vœux que je puisse former pour vous !

V. — ANNONCE FAITE, DU HAUT DE LA SCALA-SANCTA, AUX FÊTES DE LA PENTECÔTE 1874, DE L'ÉRECTION DE LA BASILIQUE

NOS TRÈS CHERS FRÈRES,

Je vous annonce une nouvelle qui procurera une grande joie à tout le peuple Breton. Le Pape a daigné mettre au rang des Basiliques mineures la nouvelle église que votre piété filiale a élevée à la gloire de la Patronne de notre pays. Ce n'est pas seulement un titre honorifique. De nombreux et importants avantages spirituels y sont attachés. Aussitôt que le Bref concernant cette faveur insigne Nous sera parvenu, Nous le publierons dans le diocèse et dans toute la Bretagne.

Après avoir apporté sa pierre, très précieuse, au sanctuaire de notre puissante Protectrice, Pie IX nous accorde aujourd'hui des grâces de choix. C'est que ce grand et saint Pontife connait la foi des Bretons, leur générosité, leur dévouement, leur vénération et leur amour pour sa personne sacrée, leur attachement au Saint-Siège. Nos très chers Frères, prions sainte Anne d'intercéder pour notre Père commun, d'obtenir sa prochaine délivrance et sa conservation, le triomphe de l'Église et le salut de la France.

MONSIEUR LE MARÉCHAL,

Vous avez bien voulu me réserver l'honneur de
vous rendre, demain, à la cathédrale de Vannes,
les hommages qui vous sont dus. Je m'en félicite
et vous en remercie. L'excellente population de
ma ville épiscopale sera profondément édifiée
du noble exemple que vous nous donnez aujour-
d'hui.

Nous nous sommes réjouis d'apprendre que vous
aviez résolu de venir implorer la protection de
notre auguste Patronne. Votre passage à Sainte-
Anne vous vaudra les bénédictions de Dieu et un
surcroît de respectueuse sympathie dans notre
pays.

Entrez donc avec confiance, Monsieur le Maréchal, dans cette basilique. Ne trouvez-vous pas
qu'elle témoigne éloquemment de notre foi et de
notre amour ? Ce beau monument, élevé en huit
années, par la charité publique, proclame le crédit
de la Mère et la piété des enfants. Vous com-
prendrez, mieux que jamais, pourquoi cette pro-

vince a mérité, j'ose le croire, votre admiration,
en payant, comme vous, avec générosité, de son
sang, sa dette à la patrie. Un grand nombre de
vos compagnons d'armes, dans la bonne fortune,
hélas ! et dans la mauvaise, se sont agenouillés ici,
avant d'affronter la mort sur les champs de bataille. Si, en combattant sous vos ordres, ils ont
eu constamment le courage du devoir et l'héroïsme
du sacrifice, c'est que leur religion enflammait leur
patriotisme. Ils demeuraient convaincus que, à
défaut de lauriers terrestres, ils cueilleraient au
ciel la palme du martyre.

Dieu nous préserve, Monsieur le Maréchal,
d'épreuves aussi douloureuses, de châtiments aussi
terribles !

Commandée par des chefs tels que vous, notre
vaillante armée retrouverait sans doute le chemin
de la victoire. Vous avez reçu personnellement,
sans l'ambitionner, une mission plus difficile et non
moins glorieuse. Puissiez-vous la mener à bonne
fin, avec le dévouement, la sagesse, la dignité,
l'énergie, le désintéressement qui vous distinguent !

C'est la grâce que je me propose de solliciter ce
matin, à l'autel, en votre présence, par l'intercession de Celle que les générations bretonnes
vénèrent, depuis plus de douze siècles, dans ce
sanctuaire béni !

Monsieur le Maréchal, la Bretagne renommée
aussi bien que l'Irlande, pour sa loyauté, sa
bravoure, son abnégation, sa religion et son

patriotisme , s'est fait un devoir d'acclamer le
soldat sans peur et sans reproche , qui, pendant la
paix comme pendant la guerre, se montrera
jaloux, — et s'il le fallait encore, au péril de sa
vie, — de sauvegarder notre honneur national.
Mon noble pays vous saura gré d'avoir recommandé
à sa Patronne chérie les graves intérêts remis à
votre sollicitude et à votre probité. Vous allez
invoquer notre Mère sainte Anne : ses enfants
vous en conserveront le meilleur souvenir. Ils lui
parleront souvent de vous. Elle les écoutera avec
complaisance.

Si nos vœux les plus ardents sont exaucés,
Monsieur le Maréchal, la France, sous votre présidence tutélaire et réparatrice, recouvrera, dans
le recueillement des esprits et l'union des cœurs,
la force de reprendre, à l'heure marquée par la
Providence, le rang qui lui appartient, par droit
de naissance et par droit de conquête, à la tête des
nations chrétiennes. Il ne dépendra pas de vous
qu'elle ne remplisse, en temps et en lieu, toutes
ses obligations. Dans cette persuasion, les évêques,
les prêtres et les fidèles de cette province éminemment catholique, s'empressent à l'envi de vous
témoigner leur gratitude pour le passé , leur
confiance pour l'avenir.

VII. — A LA CONSÉCRATION DE LA BASILIQUE

(8 AOUT 1877)

1° La veille de la Consécration

ÉMINENTISSIME SEIGNEUR ET VÉNÉRÉ MÉTROPOLITAIN (1),

Votre très humble suffragant se croit autorisé, en cette circonstance solennelle, à se faire auprès de Vous l'interprète de ses bien-aimés Collègues. Nous mettons à Vos pieds l'hommage de notre profond respect et de notre entier dévouement.

Je m'estime particulièrement heureux d'avoir occasion de remercier publiquement Votre Éminence du généreux concours qu'Elle nous a si gracieusement prêté pendant la construction de cette splendide Basilique. Après en avoir posé la première pierre, il Lui appartenait de couronner ce grand œuvre par une consécration vivement désirée. C'est la faveur insigne qu'Elle nous accordera demain, au nom du Souverain Pontife.

(1) Cardinal Brossais Saint-Marc.

Il manquait encore aux murs et aux autels de ce magnifique sanctuaire l'onction sainte qu'Elle leur apporte.

Ce beau jour de fête, à jamais mémorable dans les annales de notre antique pèlerinage, devait être précédé et suivi de cérémonies inaccoutumées.

Dès ce soir, Éminence, daignez nous bénir tous. Évêques, prêtres et fidèles s'empresseront de s'incliner sous Vos mains pleines de grâces et toujours disposées à s'ouvrir pour répandre toutes sortes de bienfaits. Qu'il nous soit permis d'espérer par surcroît quelques paroles vivifiantes, dont nous garderons un souvenir impérissable.

En vous revêtant de la pourpre romaine, Pie IX savait répondre aux souhaits ardents d'une province éminemment catholique, qui s'honore de Votre naissance, de Votre fécond épiscopat et du rang que Vous occupez dans le Sacré-Collège. Cette suprême distinction Vous est échue fort à propos, puisqu'elle me procure l'avantage de saluer en Votre auguste personne, sous ces voûtes brillantes, devant cette imposante assemblée, un Prince de l'Eglise que la Bretagne acclame par ma voix, qu'elle vénère, qu'elle aime, et qu'elle conservera longtemps, s'il plait à Dieu d'exaucer les vœux que nous lui adressons par l'intercession de sainte Anne.

MESSEIGNEURS (1), MON TRÈS RÉVÉREND PÈRE ABBÉ (2),

Soyez tous les bienvenus! Aucun de vous ne doit se considérer comme étranger chez nous. La plus simple, mais la plus cordiale hospitalité vous attendait ici. Votre présence réjouit autant qu'elle honore le pasteur et le troupeau. Nous prierons notre Patronne d'acquitter la dette que je contracte personnellement envers Vos Grandeurs et Votre Révérence. Veuillez avoir pour agréable l'assurance de mon attachement fraternel et de ma sincère reconnaissance.

2° A la cérémonie de Consécration

Gaudeamus omnes in Domino diem festum celebrantes sub honore Beatæ Annæ, de cujus solemnitate gaudent Angeli et collaudant Filium Dei!
(Introït de la messe de la fête de sainte Anne.)

ÉMINENCE, MESSEIGNEURS, MES FRÈRES,

D'où nous vient cette invitation? Oh! qu'elle est bien en harmonie avec les pieuses ardeurs qui

---

(1) NN. SS. Colet, archevêque de Tours, Richard, archevêque de Larisse, coadjuteur de Paris, David, évêque de Saint-Brieuc, Nouvel, évêque de Quimper, Le Coq, évêque nommé de Nantes, Le Ray, évêque de Natchitoches (Amérique).

(2) R. P. Cyprien, Abbé de Thymadeuc.

transportent nos âmes ! Ne nous en étonnons pas.
C'est la voix d'une mère. Ecoutons-la. Obéissons-
lui. Elle ne saurait toutefois condamner votre
déception, qui n'égale pas mes regrets.

Un illustre évêque devait occuper cette chaire,
où j'apparais, confus de mon insuffisance. Il me
tardait, comme à vous, d'entendre une de ces
homélies pleines de doctrine et d'à-propos, où la
foi chrétienne et le bon goût littéraire trouvent
un aliment substantiel et délicat. Et nous voici
réduits à recommander à sainte Anne la précieuse
santé du vénéré pontife. D'autres absences im-
prévues nous imposent autant de sacrifices. Hélas !
il en est une qui demeurera sans retour. Le diocèse
de Nantes avait grand besoin d'une consolation.
Le Ciel vient de la lui accorder. Le digne successeur de Mᵍʳ Fournier recevra, par l'entremise de
notre Patronne, lumières et secours pour la haute
mission qu'il est très capable de remplir.

Cela dit, Mes Frères, oublions aujourd'hui les
tristesses et les préoccupations avec lesquelles
nous aurons à compter demain. Laissez-moi plutôt
énumérer les motifs de la joie où l'Eglise nous
convie.

Vous serez largement dédommagés tantôt de la
privation que Monseigneur l'Évêque de Poitiers
nous cause bien involontairement. Ce ne sera pas
la première fois que, du haut de la *Scala-Sancta*,
Monseigneur l'Évêque de Saint-Brieuc charmera,
en les édifiant de sa fortifiante parole, les pèlerins
de Sainte-Anne.

Éminence, combien je vous suis reconnaissant d'avoir accepté la présidence de cette fête de famille! Elle vous revenait de droit. Nous eussions tous gémi de votre absence. Votre dévotion envers notre Patronne nous était un sûr garant de votre arrivée, qui met le comble à notre commune allégresse.

Messeigneurs, vous emporterez de ce sanctuaire, encore tout parfumé des onctions qu'il a reçues, l'espoir mieux fondé de conduire à bonne fin les entreprises que vous inspireront votre zèle apostolique et votre sollicitude pastorale.

Dans quelques jours, un de mes vénérés Prédécesseurs couronnera, non loin de la cité des Papes, une autre image de notre Patronne. Sa Grandeur eût éprouvé une trop juste satisfaction, en voyant que nous avons compris et exécuté le projet qu'Elle avait conçu.

Des années s'écouleront encore avant que l'antique Basilique de Saint-Martin sorte de ses ruines. Cette œuvre est en bonne voie et en mains sûres. Nous souhaitons au premier Pasteur de l'Archidiocèse de Tours la gloire de faire revivre au tombeau du grand Thaumaturge des Gaules un passé longtemps méconnu. Saluons avec reconnaissance, mes Frères, le pontife assez désintéressé pour ne pas tenir rigueur à la Bretagne d'avoir partagé le manteau de saint-Martin!

Nous sera-t-il donné bientôt de voir l'Église du Vœu national dominer de ses dômes tutélaires la

capitale de la France pénitente et revenue de ses
égarements? Deux apôtres d'une foi antique, d'une
charité incomparable, d'un mérite reconnu, faits
pour se comprendre et s'aider dans un ministère
écrasant, y mettront tous leurs soins. Le Mont des
Martyrs a été profondément fouillé pour asseoir
solidement les larges bases de cet édifice monu-
mental. Puissent Son Éminence et Sa Grandeur
vivre assez longtemps pour achever ce gigantesque travail! Dieu nous fasse la grâce d'assister
aux fêtes grandioses de cette future consécration!

Ce n'est pas, mes Frères, que nous ayons à
nous plaindre, en attendant, du sort que le Ciel
nous a fait. La solitude elle-même a voulu nous
apporter son tribut. Du siège quinze fois séculaire
de saint Corentin et de la jeune abbaye de Thymadeuc nous sont venus deux hommes de Dieu,
qui ne parviendront pas à voiler de leur habit
monacal l'élévation, la science et les vertus qui
les distinguent.

Une chrétienté du Nouveau-Monde nous envoie
aussi son guide et son père, enfant de la généreuse Bretagne. Avant d'aller évangéliser son
troupeau, le pasteur a voulu s'agenouiller aux
pieds de sainte Anne. Nos vœux l'accompagneront
dans son lointain voyage. Il aimera, comme nous,
à se rappeler ce jour de grâces et de bénédictions.

Qu'il est bon, qu'il est agréable de voir tous
ces dignes prêtres du clergé séculier et régulier
groupés autour d'un éminent Prince de l'Église

et de Prélats bien-aimés ! Fils de saint Ignace, de
saint François, des Pères de Montfort, Libermann,
de La Salle, de Lamennais et tant d'autres, je vous
salue ! Vous êtes pour nous des auxiliaires pleins
de vertus, de science et de bonne volonté.

Ne craignez pas que je vous oublie, Messieurs,
vous qui servez la France avec honneur et dévouement, au Sénat, dans l'armée de terre et de
mer, dans l'administration. Vous prouvez en toutes
circonstances que l'autorité, dont vous êtes les
fidèles dépositaires, mérite le respect, l'estime et
la considération qui s'attachent au devoir accompli
avec vigilance et fermeté.

Enfin, mes Frères, je vous reconnais à tous des
droits incontestables à mes félicitations et à mes
remerciements. Chacun de vous a bien voulu entendre mon appel. Et nous voici pénétrés des
mêmes sentiments, heureux de cette rencontre
extraordinaire, prêts à retourner demain, avec
plus de courage et d'espoir, aux postes divers que
nous occupions hier, dans la vie publique ou dans
la vie privée. Mais aujourd'hui qu'il nous est fait
de si doux loisirs, réjouissons-nous ! *Gaudeamus* !

Les mondains s'amusent et se fatiguent en pure
perte. Les uns parviennent difficilement à s'é-
gayer. Ils sont blasés, à l'âge où tout devrait leur
sourire. Les autres ne savent que s'étourdir et
ricaner. Leurs plaisirs sont creux et caduques :
s'ils ont l'éclat des parures élégantes, ils en ont
la fragilité. Ils n'élèvent pas l'esprit; ils ne con-

tentent pas le cœur; ils finissent par troubler la
conscience et engendrer le remords. Certaines
fêtes dégradent et dégoûtent.

En est-il ainsi, mes Frères, des joies chrétiennes?
Comparez et jugez. Quel calme! Oh! la douce
ivresse! C'est un avant-goût de la paix et de la
félicité du Paradis. Ouvrons donc librement nos
cœurs à l'allégresse : *Gaudeamus!*

Mais chez nous, enfants du même Père qui est
aux cieux, pas d'acception de personnes! Que
tous les membres de la famille s'approchent avec
confiance! Ils seront les bienvenus. Oui, les
jeunes gens et les jeunes filles, les vieillards avec
ceux qui prendront leur place au foyer domestique et dans la société, que tous louent le nom
du Seigneur! *Juvenes et virgines, senes cum junio-
ribus laudent nomen Domini!*

Viennent donc le riche et le pauvre, l'homme
des champs et l'habitant des villes, les parents
et les enfants, les maîtres et les serviteurs, tous,
tous! En ce cas particulier, d'ailleurs, tout le monde
a été à la peine ; tout le monde doit être à la joie.
L'obole de la veuve et de l'orphelin n'est-elle pas
aussi agréable à Dieu que les plus magnifiques
offrandes de l'opulence? J'admire sans doute en
particulier les richesses artistiques rehaussées
de l'écusson des plus nobles familles de mon
pays. A côté de ces dons précieux d'âmes charitables qui ne mettront point en doute ma gratitude,
j'ai souvenance de quelques pauvres pièces de

monnaie prises sur le strict nécessaire et dont
l'abandon généreux fut suivi de privations réelles.
Dieu en tiendra le plus grand compte. Sainte
Anne pourrait-elle ne pas rendre au centuple ce
qui lui fut offert ainsi ? O Mère ! ouvrez votre sein
à tous vos enfants : ils ont rivalisé d'émulation
pour vous préparer cette demeure dix fois trop
étroite à pareil jour. *Gaudeamus omnes ! Gaudea-*
mus in Domino !

Seul, en effet, le Souverain Seigneur de toutes
choses doit être le principal objectif des aspirations de notre âme, des curiosités de notre
esprit, des tourments et des ambitions de notre
cœur. Le monde entier ne saurait nous suffire.
C'est ce que confessait humblement saint Augustin, revenu de loin, après avoir goûté aux fruits
plus ou moins savoureux de l'arbre de la science
du bien et du mal. Il avait connu la gloire humaine
et les tristes retours des choses d'ici-bas. « O
Dieu de mon âme, s'écriait-il, c'est vous qui avez
fait mon cœur. Je comprends enfin qu'il ne trouvera le repos qu'à la condition de se reposer en
vous, son créateur et sa fin suprême. »

Dans nos joies comme dans nos peines, mes
Frères, dans toutes nos nécessités, il faut donc
recourir au Seigneur. On a beau dire et s'agiter,
Dieu nous mène. Le doigt de Dieu est particulièrement empreint sur ces murailles. *Digitus Dei*
est hic. Qui donc a élevé ce monument dont vous
avez raison de vous montrer si fiers ? Je n'hésite

13

pas à répondre : *A Domino factum est istud.* Oui,
ces pierres, ces marbres, ces boiseries, ces
verrières, ces peintures, ces sculptures, l'orgue,
les cloches, autant de voix puissantes qui rendent
justice à l'adorable Providence. Ah ! si je vous
racontais les hésitations, les incertitudes, les per-
plexités, les angoisses qui m'ont assailli mille et
mille fois pendant que vous m'aidiez avec tant de
persévérance et d'abnégation à opérer ce prodige,
votre admiration égalerait la mienne ! Croyez-
moi sur parole et réjouissons-nous tous dans le
Seigneur : *Gaudeamus omnes in Domino !*

Et pourquoi cette allégresse universelle ?

Ah ! c'est que nous célébrons un jour de fête à
nulle autre pareille : *Diem festum celebrantes.*
C'est un jour que le Seigneur a fait : *Hæc dies
quam fecit Dominus ; exultemus et lætemur in ea !*
On en parlera bien longtemps sous le chaume et
dans les hameaux les plus inconnus de notre
pays. Oui, mes Frères, au sein de nos cités,
comme au fond de nos campagnes, on racontera
avec enthousiasme, de génération en génération,
tout ce qui se passe à l'occasion de la consécration
de cette Basilique. Nous y étions, nous aussi,
diront à leurs camarades émerveillés ces braves
soldats, qui n'auront pas peu contribué à embellir
nos imposantes cérémonies et la marche triomphale de notre Statue miraculeuse. Nous ressen-
tîmes comme une vertu surnaturelle qui sortait de
ce bois vénéré représentant l'Aïeule et la Mère du

Fils de Dieu. Et lorsque grondera la tempête, l'intrépide marin, qui s'est fait en ce jour humble pèlerin de Sainte-Anne, tournera ses regards inquiets vers ce phare vraiment lumineux, du haut duquel la Mère et la Fille lui crieront à l'envi : courage ! confiance ! nous veillons sur tes jours. Souviens-toi que tu as une âme à sauver, et que les flammes dévorantes de l'enfer éternel sont autrement redoutables que la fureur des flots de l'océan avec tous ses abîmes.

Mes Frères, que cette remontrance maternelle nous soit salutaire à tous ! Chantons avec d'autant plus d'ardeur : *Gaudeamus omnes in Domino, diem festum celebrantes sub honore Beatæ Annæ !*

A Dieu le Père tout-puissant tout honneur et toute gloire : *Deo Patri omnipotenti omnis honor et gloria !* Cependant il n'est pas absolument jaloux du culte relatif rendu à ses Saints, qui sont comme autant de miroirs étincelants où se reflètent les merveilles de sa puissance et de sa miséricorde. *Mirabilis Deus in sanctis suis.* Mais au ciel ainsi que dans les espaces où roulent avec poids et mesure les astres qui forment le monde matériel, il y a clarté et clarté. Or, sainte Anne y brille d'un éclat particulier. Aussi l'appelons-nous bienheureuse, sans chercher à mesurer la distance qui la sépare de sa Fille immaculée.

Et n'allez pas croire, mes Frères, que la terre soit l'unique théâtre des hommages que nous aimons à lui rendre. De tous les coins du pays

qu'elle adopta dès les premiers siècles de l'Église,
des milliers de pèlerins sont accourus précipi-
tamment vers ce temple qui renferme un de leurs
plus précieux trésors. Ils vénèrent avec nous de
cœur et d'âme la Bienheureuse sainte Anne, dont
ils connaissent le crédit et la bonté. Mais voici
bien une autre affluence de vrais serviteurs de la
Reine-Mère ! Écoutez : *De cujus solemnitate gaudent Angeli.*

Et quoi ! mes Frères, les anges eux-mêmes ont
voulu prendre part à cette solennité, jouir de notre
joie, faire leur cour à la Mère de leur Reine !
C'est l'Église qui l'affirme. Est-il, d'ailleurs, si
difficile de souscrire à cette déclaration, qui doit
plutôt nous ravir ? Car enfin, sans nous exposer
à *être opprimés par la gloire*, en cherchant à
pénétrer ce qui est impénétrable, nous pouvons
juger par comparaison. Au sein de ces familles
patriarcales, trop rares de nos jours, n'aime-t-on
pas à fêter tous ceux qui leur ont fait honneur
dans le passé ? Le culte des ancêtres y est en
quelque sorte inné. Il prend des proportions conformes à son objet. Or, sainte Anne, Mère de la
Mère du Christ, mérite des attentions que vous
manifestez éloquemment en paroles et en œuvres.
Les Anges pouvaient-ils rester insensibles à ces
manifestations attendrissantes ? Notre fête devait
trouver un écho jusque dans le ciel. Oui, les Ché-
rubins et les Séraphins font monter vers la voûte
céleste des flots d'harmonie, pendant que la voûte

de cette Basilique retentit des mélodies qui nous enivrent.

Les derniers mots du texte de la sainte liturgie sont plus surprenants encore : *Et collaudant Filium Dei !* Comment ! les Anges osent louer et féliciter le Fils de Dieu du triomphe que nous réservions à sa glorieuse Aïeule ! Que signifie ce mystère ? Quelle sainte audace ! Je n'eusse point trouvé le mot de cette énigme. L'Église s'est chargée de nous en instruire. Voici ce qu'elle chante en la fête de sainte Anne : *Deus qui beatæ Annæ gratiam conferre dignatus es, ut Genitricis Unigeniti Filii tui Mater effici mereretur : concede propitius ut cujus solemnia celebramus, ejus apud te patrociniis adjuvemur, per eumdem Dominum nostrum Jesum Christum...*

Méditons ces paroles, mes Frères. Elles suffisent à justifier l'empressement des Anges auprès du Fils de Dieu. Si notre dévotion envers sainte Anne pouvait grandir encore, ce serait dans la contemplation de ce privilège. Dieu daigne assister sainte Anne de grâces de choix. Sainte Anne y coopère avec un si grand zèle et un amour si parfait, qu'elle *mérite* de devenir la Mère de la Mère du Fils unique de Dieu. Taisons-nous, mes Frères ! Tout commentaire me parait superflu. Ne serait-ce point une témérité ?

Voilà l'explication du crédit immense dont sainte Anne jouit au ciel. Notre confiance en elle a donc un fondement inébranlable. Les bienfaits

dont elle ne cesse de nous combler sont autant
de gages assurés de sa puissance et de sa bonté.
Disons-lui tous ensemble, avec l'Église : Pieuse
Mère de la Mère du Christ, protégez spécialement
la terre que vous vous êtes choisie. — O Mère de
la Patrie, Anne très puissante, soyez le salut de
vos Bretons, conservez leur foi, affermissez leurs
mœurs, obtenez-leur la paix par votre sainte
intercession. Ainsi soit-il !

3° Au Petit-Séminaire

ÉMINENCE, MESSEIGNEURS, MESSIEURS,

La catholique Bretagne est vraiment une noble
famille. Qui ne serait fier de lui appartenir ?
Qu'elle se montre édifiante aux pieds de sa Patronne ! N'avez-vous pas senti battre son cœur ?
Que j'aime à voir, à pareil jour, ses Chefs spirituels, entourés d'hommes d'élite qui font si grande
figure dans l'Église et dans l'État, sur terre et sur
mer !

Éminence, Vous connaissez mes sentiments à
votre endroit. Dieu me garde de les affaiblir, en
cherchant à les exprimer !

Messeigneurs et Messieurs, vous daignerez,
vous aussi, excuser mon impuissance à payer
verbalement le tribut que je vous dois.

Éminence, Messeigneurs et Messieurs, puisqu'il vous plaît de vous considérer ici comme en famille, je crois fermement répondre à vos filiales intentions, en portant la santé de Notre Très Saint Père le Pape.

Le Souverain Pontife a bien voulu permettre que cette fête nationale fût placée sous ses auspices, et que la cérémonie religieuse s'accomplît en son nom. Pouvions-nous mieux choisir son représentant ?

L'Illustrissime et Révérendissime Cardinal Saint-Marc a toujours professé un entier dévouement pour la personne auguste de Pie IX et un attachement inaltérable au Siège Apostolique.

A son exemple, chacun de nous se fait honneur de proclamer, de bouche et de cœur, que le Vicaire infaillible de Jésus-Christ a *les promesses de la vie éternelle,* et que *quiconque n'est pas pour lui est contre lui.*

D'autre part, notre foi bretonne, solide comme notre granit, vivace comme nos chênes, inspire et soutient merveilleusement notre patriotisme. Aussi avons-nous la prétention de penser et de dire bien haut que nous ne le céderons à personne, quand il s'agira de témoigner à la France l'amour qu'elle mérite, et de la servir avec ardeur et fidélité. Cette loyale et ferme déclaration, notre héroïque province l'a signée, dans tous les temps, de son sang le plus pur et le plus généreux.

On ose, il est vrai, nous blâmer d'associer, dans

nos plus chères affections et dans nos meilleurs vœux, Rome et la France. N'est-ce pas plutôt un crime de lèse-majesté, que d'entreprendre de séparer *ce que Dieu a uni* ? Jamais, d'ailleurs, les enfants n'ont rien gagné à laisser leurs parents dans l'abandon. Malheur donc à la Fille ainée de l'Église, si elle oubliait ce commandement : *Honora patrem tuum et matrem tuam ut sis longævus super terram !*

Est-ce à dire, Messeigneurs et Messieurs, que nous soyons assez téméraires pour l'exhorter à trancher, de sa vaillante épée, tous les nœuds gordiens de la politique contemporaine? Attachés par le fond même de leurs entrailles à leur Mère-Patrie, prêts à se sacrifier pour elle, après l'avoir arrachée aux ténèbres et aux horreurs de la barbarie, les évêques français ont protesté mille fois contre d'odieuses calomnies, auxquelles ils sont encore en butte à l'heure présente. Ministres du Dieu de paix, ils envisagent la guerre comme le plus terrible fléau. Sans pactiser avec le mensonge et l'iniquité, ils mettent de justes bornes à leurs plus légitimes réclamations. Ils attendent patiemment d'une intervention providentielle le triomphe des causes sacrées que nous ne trahirons point.

Après tout, le plus sûr moyen de restauration religieuse et sociale, c'est la prière, humble, confiante, persévérante, adressée avec droiture d'intention au divin Fondateur de l'Église, *qui a fait les nations guérissables*.

Voulant donner plus d'efficacité à nos suffrages, nous avons recours à l'intercession des saints.

Or, ne possédons-nous pas en ces lieux un trésor inestimable, l'Image bénie d'une Avocate puissante et bonne?

Demandons donc à sainte Anne la délivrance et la conservation du Pape magnanime qui l'a couronnée sur la terre. Puisse cette Mère chérie obtenir longue et heureuse vie aux évêques, aux prêtres et aux fidèles témoins de la consécration de sa Basilique! Que la glorieuse Patronne de notre chère Bretagne prenne sous sa protection la France entière! Nous en avons la douce et fortifiante expérience, ce qu'elle garde est bien gardé.

VIII. — AUX OBSÈQUES DE M. L'ABBÉ GUILLOUZO

(2 Février 1878)

Nos très chers Frères,

Lorsque ce lugubre cortège a franchi le seuil de
la Basilique en deuil, il Nous a semblé entendre
une voix mystérieuse qui dominait le chant des
morts. Et elle répétait cette fière réponse que
Notre Seigneur Jésus-Christ fit un jour à quelques
pharisiens de son temps, formalisés des hommages
inaccoutumés que lui rendaient ses disciples pendant sa marche triomphale vers Jérusalem : —
Dico vobis quia si hi tacuerint, lapides clamabunt.
Je vous déclare que, ceux-ci auraient beau se taire,
les pierres crieront (1). Assurément Nous ne sup-
posons pas que personne puisse trouver à redire
aux funérailles exceptionnelles dont Notre amitié
et Notre reconnaissance ont voulu honorer la mémoire de celui que nous pleurons tous aujourd'hui.
Nous n'avons qu'une crainte, de ne pas parvenir à
maitriser Notre vive et trop légitime affliction.

(1) S. Luc, xix , 40.

Toutefois, si profonde qu'elle soit, Notre douleur ne restera pas muette.

Il est vrai, les pierres de ce splendide sanctuaire proclameront éloquemment, de génération en génération, la dévotion incomparable de notre cher défunt envers sainte Anne. J'ai dit *incomparable :* le mot n'est pas exact. Aussi bien, à deux siècles de distance, deux hommes se sont rencontrés, qui ont mis le même zèle et les mêmes vertus au service de la même cause. Le nom du bon abbé Guillouzo, comme celui du bon Nicolazic, mérite d'être inscrit en caractères ineffaçables dans les annales de notre antique et célèbre pèlerinage. Il demeurera, du moins, gravé au fond de nos cœurs, brisés, pour le moment, du coup violent et imprévu qui les a frappés.

Les nombreux pèlerins qui se succéderont d'année en année aux pieds de notre puissante Patronne, émerveillés de la magnificence du temple où ils aimeront à vénérer son Image bénie, se demanderont au prix de quelle industrieuse activité ces murs de granit se sont élevés si majestueusement, et comment ils ont été enrichis avec tant de goût et de libéralité. Que d'argent, se diront-ils les uns aux autres, que de sueurs, que de dévouement a coûtés cette église, digne de la Mère et des enfants !

En effet, Nos très chers Frères, c'est vraiment un prodige de foi, de courage, de patience, de générosité, de privations inénarrables.

Or, nous avons connu, estimé, aimé l'homme simple et droit, plein de bon sens et de modestie, qui a fait mouvoir toutes les volontés et concentré toutes les ressources qu'exigeait une pareille entreprise. Il s'appliqua constamment à mettre en relief tous ses collaborateurs. Il aura vainement tenté de rester dans l'ombre et de passer inaperçu. Nous croyons avoir trouvé son portrait, fait de main de maître. Écoutez! ne reconnaissez-vous pas à cette peinture divine l'humble Chapelain de Sainte-Anne : *In fide et lenitate ipsius sanctum fecit illum Deus ? Dieu l'a sanctifié dans sa foi et sa douceur* (1). Voilà, Nous semble-t-il, en deux mots inspirés , les traits caractéristiques de celui dont nous avons sous les yeux les restes mortels. C'était un de ces prêtres *selon le cœur de Dieu, choisi entre tous les hommes* (2), d'une foi et d'une bonhomie trop rares de nos jours. Ce demeurant d'un autre âge était, dans ses discours , dans ses actes , dans ses manières, le commentaire vivant de cette assurance divine : *Si habueritis fidem sicut granum sinapis, dicetis monti huic : Transi hinc illuc, et transibit, et nihil impossibile erit vobis. Si vous aviez de la foi comme un grain de sénevé, vous diriez à cette montagne : Transporte-toi d'ici là, et elle s'y transporterait, et rien ne vous serait impossible* (3).

Regardez plutôt, Nos très chers Frères, ces murailles imposantes, ces colonnes élancées, ces

(1) Eccl., xlv, 4. — (2) id., id. — (3) S. Matt., xvii, 19.

voûtes ornementées de peintures et de dorures,
ces sculptures, ces ciselures, ces vitraux, tout ce
qu'un habile architecte et des artistes renommés
ont conçu et exécuté dans cette enceinte! Que de
montagnes de difficultés il a fallu soulever pour
arriver à cet heureux résultat!

Laissez-Nous vous faire quelques confidences
intimes relativement à cette construction, qui Nous
a occasionné, pendant douze années consécutives,
des préoccupations de toutes sortes. Lorsqu'il
s'agit d'en poser la première pierre, grande était
Notre perplexité! Dieu permit heureusement que
Nous ne Nous doutâmes pas d'abord des dépenses
énormes où Nous serions entraîné. Connaissant
Notre embarras, l'abbé Guillouzo vint Nous trouver,
disant : — « Laissez-moi faire ; je réponds de vous
seconder utilement. » — « Et comment réussirez-
vous à trouver dans notre pays, pauvre par comparaison, des centaines de mille francs ? » —
« J'irai de paroisse en paroisse, et, s'il le faut, de
porte en porte. Je quêterai. Les pauvres et les
riches me permettront de leur tendre la main, au
nom de sainte Anne. N'est-il pas écrit : *Demandez
et vous recevrez ; cherchez et vous trouverez ; frappez
et on vous ouvrira* (1).

Nous devons l'avouer à Notre confusion, Nos
très chers Frères, Notre foi n'égalait pas la sienne.
Cet auxiliaire providentiel fut éconduit. Ses offres

(1) S. Matt., vii, 7.

de service Nous parurent une illusion généreuse.
Il partit à regret mais sans se plaindre, peut-être
persuadé qu'il serait mieux compris une autre
fois. Toujours est-il que sa confiance ne se
démentit point. A quelque temps de là, il revint
sans plus de succès. Cependant ses instances
donnaientàréfléchir. Nous rappelant les démarches
infructueuses de son aîné auprès du Recteur
de Pluneret et de l'un de Nos vénérés prédécesseurs, Nous finîmes par ouvrir ainsi libre carrière
à sa pieuse ardeur : — « Allez donc, prêchez,
quêtez. Soyez béni! Dieu vous conduise! Que
sainte Anne vous inspire, qu'elle dilate les cœurs
et les bourses ! »

A ces mots, Notre cher interlocuteur se prosterna
pour recevoir la bénédiction de son évêque. Sa
figure rayonnait de joie. Il partit satisfait, souriant
et courageux. Vous savez le reste... A quoi bon
mentionner ici les fatigues, les déboires et les
déceptions de l'infatigable quêteur? Bien ou mal
accueilli, il tendait à son but. C'est ainsi que, *con-
sumé par le zèle de la maison de Dieu* (1), il puisa
dans la vivacité de sa foi un moyen de sanctification.
Son aménité, pareillement inaltérable, lui gagnait
la sympathie des personnes les moins disposées à
favoriser ses efforts. Comment eût-on résisté à des
procédés aussi engageants? Il se présentait partout. Quelquefois même il lui arriva de retourner
où il avait été mieux traité.

(1) S. Jean, II, 17.

Un gentilhomme du voisinage lui faisant observer que ses visites étaient aussi fréquentes qu'intéressées : « C'est votre faute, répliqua-t-il, vous m'avez toujours montré si bon visage! » Cette répartie lui valut une nouvelle et gracieuse offrande.

A côté des largesses des plus nobles familles du pays, dignement représentées à cette cérémonie funèbre, venait se placer, avec une délicatesse attendrissante, l'obole du pauvre, de la veuve et de l'orphelin. Le récit de certain épisode des pérégrinations de Notre quêteur dans le diocèse offrirait un grand charme et une singulière édification.

Nos voisins ne restaient pas sourds à ses pressantes requêtes. Les Évêques — à leur tête Notre éminent Métropolitain — les prêtres et les fidèles de la Bretagne entière envoyèrent leurs souscriptions.

Il en arrivait de plus loin, de tous les points de la France, notamment pendant la guerre contre la Prusse.

Un voyage fait à Rome, à l'époque du Concile du Vatican, fut aussi mis à profit. La cotisation d'un certain nombre de Membres de cette vénérable Assemblée fit les frais d'un des petits autels de notre Basilique.

Outre les bénédictions, les encouragements et toutes les faveurs spirituelles que le Souverain Pontife daigna Nous accorder, Sa Sainteté voulut bien Nous faire don de trois blocs de marbre précieux de l'Emporium. De telle sorte que Pie IX est, à tous égards, le plus auguste et le premier de nos bienfaiteurs.

Ce fut ainsi que l'œuvre de Sainte-Anne prit de jour en jour des proportions plus consolantes. L'ouvrier ne s'en prévalait aucunement. Son humilité s'inspirait de sa foi. Il s'effaçait toujours. Que de preuves de renoncement il nous a données ! Ses lettres respiraient l'abnégation la plus complète. Il Nous attribuait tout le mérite qui lui reviendra devant Dieu comme devant les hommes. Puisque *celui qui s'humilie, sera exalté* (1), Notre excellent fils avait des droits particuliers aux honneurs que vous lui rendez après sa mort et dont Nous vous sommes personnellement obligé. Après l'avoir si parfaitement secondé pendant ses courses, au milieu de nos villes et à travers nos campagnes, vous n'oublierez pas que Nous ne pouvons plus compter que sur son intercession et votre bonne volonté. Il nous sera donné, grâce à vous et à lui, si Nous avons quelques années à vivre, de mettre la dernière main à cet édifice. Nous laisserons à Notre successeur un important héritage dégagé de toutes charges.

Et la mémoire de l'abbé Guillouzo *sera en bénédiction. Car il aura plu à Dieu et aux hommes* (2). Nous en appelons à vous qui fûtes ses condisciples

---

(1) S. Matt., xxiii, 12. — (2) Eccl., xlv, 1.

et ses confrères; dites s'il n'était pas le plus
aimable, le plus inoffensif, le plus affable des
hommes. D'un commerce facile, *il se faisait tout à
tous* (1) et se pliait même aux exigences de son
prochain. Ses Supérieurs ecclésiastiques n'eurent
jamais un reproche à lui adresser. Mais voyons-le
surtout dans ses fonctions de chapelain. Il était
l'âme de nos réunions et de nos fêtes. Les pèlerins
l'abordaient à leur aise. Ils usaient et abusaient
de sa complaisance. Il semblait dire à tout venant :
*Je donnerai tout très volontiers et je me donnerai
moi-même pour le salut de vos âmes* (2).

Dès lors, Nos très chers Frères, comment
n'aurait-il pas été agréable à Dieu et aux hommes ?

Dieu qui connaissait la sainte frayeur que la
mort lui inspirait, voulut lui en épargner les angoisses. Il lui laissa juste le temps de réclamer et
de recevoir les derniers secours de la religion. Au
début de la courte mais terrible crise qui nous
l'enleva, le respectable pasteur qui l'assistait, lui
demanda s'il désirait se confesser : — « Je l'ai fait
ces jours derniers, répondit-il. Donnez-moi cependant l'absolution. » Et il priait avec ferveur; et
il serrait sur sa poitrine oppressée, il approchait
de ses lèvres déjà glacées, la relique de sainte
Anne que nous l'avions vu, dans une autre attaque,
baiser avec amour et confiance : — « Sainte Anne,
soupirait-il, priez pour moi ! Mon Dieu, *que ce*

---

(1) 1re aux Cor., ix, 22. — (2) 2e aux Cor., xii, 15.

calice s'éloigne de moi ! Après tout, *que votre
volonté soit faite* (1) ! Si c'est votre bon plaisir, je
vous offre le sacrifice de ma vie et *remets mon
âme entre vos mains* (2). »

Il dut lui en coûter beaucoup, Nos très chers
Frères, de prononcer ce *fiat !* Il n'y a pas longtemps
encore qu'il Nous disait : « J'espère que sainte
Anne m'obtiendra de vivre jusqu'à l'achèvement
de son œuvre. Je ne cesse de solliciter cette grâce. »
En ce temps-là, Nos très chers Frères, il eût chanté
volontiers le *Nunc dimittis* dont la fête de ce jour
nous rappelle le touchant souvenir. Adorons, sans
chercher à les pénétrer, les desseins de la divine
Providence ! La main de la mort, qui se promène
impitoyablement par le monde, l'a touché inopiné-
ment, lui laissant assez de présence d'esprit pour
crier : — « Mon doux Jésus, miséricorde ! »

O mort, que tes coups sont cruels et soudains !
Nous venions à peine de quitter la victime que tu
avais choisie. Des affaires urgentes exigeaient
Notre éloignement. Nous touchions au terme de
ce voyage, lorsque deux dépêches successives
apportèrent sur les ailes de la foudre la fatale
nouvelle. Tombant à genoux, comme écrasé sous
le poids de ce malheur inattendu et de cette perte
irréparable, Nous Nous écriâmes : — « Mon Dieu,
vous êtes le Maître de la vie et de la mort. Recevez
dans votre sein le coopérateur dévoué que vous

(1) S. Matt., xxvi, 42. — (2) S. Luc, xxiii, 46.

Nous aviez prêté ! Accordez-Nous de le rejoindre au séjour de la gloire éternelle et de l'éternelle félicité ! »

Mais, Nos très chers Frères, ne nous bornons pas à verser sur ce cercueil des larmes brûlantes et d'ardentes prières. Après avoir imploré la bonté infinie du Souverain Juge, qui aperçoit des taches dans ses élus eux-mêmes, écoutons une voix d'outre-tombe. Les accents doivent en être instructifs et saisissants. *Per fidem defunctus adhuc loquitur* (1). Que dit-il ?

O vous qui fûtes mes amis, *ne pleurez pas comme ceux qui ont perdu toute espérance* (2). On est heureux de mourir sous la protection de sainte Anne, après l'avoir honorée et servie. *Apprenez* du divin Maître à *être doux et humbles de cœur* (3), à vous aimer et à vous assister les uns les autres dans vos besoins spirituels et temporels. N'estimez pas la vie au delà de sa valeur : sachez bien que, pour vous comme pour moi, la mort arrivera à l'improviste et que le Fils de l'homme entrera en jugement avec chacun de vous, au moment où vous vous y attendrez le moins, où vous formerez peut-être des vœux de longévité, des projets impossibles sinon déraisonnables. Soyez donc prêts !

Quelle leçon, Nos très chers Frères ! Puisse-t-elle nous être salutaire à tous ! A cette condition, nous

_____

(1) Ép. aux Héb., xi, 4. — (2) Ép. aux Thes., iv, 12. — (3) S. Matt., xi, 29.

retrouverons, pour ne plus le perdre, l'ami sincère qui vient de nous être ravi. En attendant, commençons par lui rendre les derniers devoirs! Portons sa dépouille dans le tombeau que Nous lui avions promis de creuser en ce lieu bénit, si Nous lui survivions. Qu'elle y repose en paix, attendant la résurrection de la chair! Serait-il téméraire de croire que cette âme d'élite jouit déjà de la récompense à laquelle nous aspirons tous? Sainte Anne se sera présentée à sa rencontre à la porte du paradis. Elle lui aura dit :
— « *Venez, bon serviteur, entrez dans la joie du Seigneur* (1). Moi, son Aïeule, que vous avez invoquée et dont vous avez propagé le culte, je souhaitais de vous témoigner face à face ma tendresse maternelle. »

O la douce rencontre! Qu'elle est propre à ranimer notre piété filiale! Un jour, sainte Anne, si nous gardons fidélité en toutes choses au divin Fils de sa Fille immaculée, nous facilitera le terrible passage du temps à l'éternité.

Mais voilà qu'une sombre pensée traverse Notre esprit. Se pourrait-il que de nouveaux Vandales, nourris par là Révolution religieuse et sociale qui nous menace de ses fureurs, s'oubliassent jusqu'à violer le sépulcre que nous scellerons demain? Il Nous souvient que celui dont il renfermera les ossements, Nous disait un jour : « On me passerait

(1) S. Matt., xxv, 21.

sur le corps, avant de pénétrer dans cette église, pour la dévaster. »

Il en serait véritablement ainsi, Nos très chers Frères, si Dieu permettait jamais cette profanation sacrilège; car, sentinelle vigilante de ce sanctuaire, le vaillant chevalier de sainte Anne dormira son paisible sommeil, couché au pied de l'effigie de sa bonne Maîtresse. On marcherait sur lui, avant d'arriver à Elle.

Aimons plutôt à croire, Nos très chers Frères, qu'aucune intervention ne sera nécessaire pour nous préserver d'aussi épouvantables calamités. Venons souvent ici réclamer avec confiance secours et protection pour notre diocèse, pour la Bretagne, pour la France, pour l'Église et son Chef visible. Sollicitons par surcroît la consolation qui nous est nécessaire en cette dure épreuve et si douloureuse séparation. Ainsi soit-il.

(JUILLET 1879)

1° A la Basilique

MONSEIGNEUR (1),

Nous appelions de tous nos vœux ce jour de fête solennelle, qui devait nous procurer l'honneur de votre visite. Je m'estime heureux et fier de vous présenter, au nom des prêtres et des fidèles ici présents, l'hommage de notre profonde vénération et de mon fraternel attachement. En apprenant que la divine Providence vous avait destiné à recueillir le précieux héritage de Son Éminence le Cardinal Brossais Saint-Marc, je m'en réjouis vivement. Les dignitaires ecclésiastiques qui vous accompagnent aujourd'hui à ce pèlerinage, si cher à tout cœur breton, ont pu vous dire en quels termes je fis alors de notre nouveau Métropolitain le plus juste éloge. Ils savaient, d'ailleurs, à quoi s'en tenir. Ne veniez-vous pas de revendiquer, avec autant de fermeté

(1) Monseigneur Place, Archevêque de Rennes.

que de modération, les droits de l'Église, en réclamant la liberté d'un culte légitime, qui n'était, après tout, que l'acquittement d'une dette fidèlement payée jusque-là par des cœurs pleins de reconnaissance ?

Hélas ! à peine assis sur le siège des Amand, des Melaine et des Malo, vous avez dû vous lever avec la même énergie, donnant à vos suffragants l'exemple de la mansuétude et de la dignité dans l'accomplissement d'un impérieux devoir. Vous les trouverez toujours disposés à proclamer que la vérité et la justice ne chercheront jamais vainement dans le sanctuaire des défenseurs charitables mais résolus.

L'occasion nous est offerte de mettre dans nos intérêts une puissante Avocate. Supplions sainte Anne de se charger des causes sacrées que nous avons à cœur de servir et pour le triomphe desquelles aucun sacrifice ne nous coûterait.

Cette bonne Mère ne nous refusera pas davantage de protéger Votre Grandeur et de La conserver longtemps à notre respectueuse affection.

Monseigneur, en vous agenouillant au pied de la Statue miraculeuse de notre Patronne, vous avez retrouvé, sous les traits gracieux de l'enfance, l'image bénie de Notre-Dame de la Garde. N'est-ce point la Fille qui, désirant vous confier sa Mère, vous a envoyé vers ce lieu fertile en miracles, où les pierres rendent de notre piété filiale un témoignage rassurant pour nos pères, nos bienfaiteurs et nos amis ?

Votre Grandeur me saura gré de remercier Monseigneur l'évêque du Cap-Haïtien, le T. R. P. Abbé de Thymadeuc et tous les représentants du clergé séculier et régulier d'avoir bien voulu se joindre à nous, en cette solennité, pour vénérer sainte Anne et donner plus d'éclat à l'accueil que nous réservions à l'éminent Métropolitain de notre catholique et bien-aimée Bretagne.

2º Au Petit-Séminaire

MESSEIGNEURS (1), MON T. R. P. ABBÉ (2),
MESSIEURS,

Qu'il est grand le crédit dont sainte Anne jouit sur la terre comme au ciel ! Mais, en aucun autre lieu du monde, l'Aïeule de Jésus n'opère des merveilles et n'attire des foules comparables à celles qui se voient ici... Dans le champ tranformé du *Bocenno*, des flots de pèlerins se succèdent d'année en année, de jour en jour, pénétrés de la même foi et de la même espérance. Ils proclament à l'envi, de génération en génération, la puissance et la bonté de notre Patronne. Aussi trouva-t-il un écho profond dans tous les cœurs, cet appel à

(1) Place, Arch. de Rennes, Lavigerie, Arch. d'Alger, Hillion, Év. du Cap-Haïtien.
(2) R. P. Cyprien, Abbé de Thymadeuc.

la confiance que notre vénéré Métropolitain, éloquent interprète de la Bretagne entière, adressait hier, du haut de la *Scala-Sancta*, à l'auditoire le plus sympathique et le plus édifiant.

Combien je regrette que cet imposant spectacle ait été perdu pour l'apôtre de l'Algérie et de l'Afrique équatoriale, le fondateur des orphelinats arabes, le promoteur de la véritable civilisation sur cette terre autrefois chrétienne, aujourd'hui musulmane, qui avait oublié les accents de saint Augustin et de saint Cyprien, où le croissant dispute à la croix l'empire des âmes ! Je pensais à vous, Monseigneur Lavigerie, lorsque l'éminent orateur rendait hommage au dévouement d'un autre évêque missionnaire parti de cette Maison pour porter le flambeau de l'Évangile à une ancienne colonie française.

En venant l'un et l'autre de si loin vénérer l'Image miraculeuse de notre Protectrice, vous comptiez avec raison sur l'accueil fraternel du gardien de son sanctuaire et sur l'assistance maternelle qui vous accompagnera au delà des mers.

Votre présence, Messeigneurs et Messieurs, n'est pas seulement pour nous un honneur dont nous connaissons tout le prix. Elle prouve que notre dévotion repose sur de solides fondements.

Sainte Anne a parlé par ma faible voix au cœur du T. R. P. Abbé de Thymadeuc. Il n'a pas hésité à sortir de la pieuse solitude où il aime à cacher ses vertus et ses mérites.

Messeigneurs et mon T. R. P. Abbé, quelle joie pour l'humble serviteur de sainte Anne de présenter à Vos Grandeurs et à Votre Révérence cette belle couronne de prêtres, formée de membres distingués du clergé régulier et du clergé séculier !

Pourquoi nous est-il donné de les voir si nombreux en cette solennité ?

Sans doute qu'ils ont voulu me venir en aide pour faire convenablement les honneurs de notre magnifique Basilique et du Petit-Séminaire au digne successeur du Cardinal Brossais Saint-Marc, qui aimait tant nos fêtes et professait pour notre Patronne un culte de prédilection.

Mais aussi, Messeigneurs, nos bien-aimés coopérateurs attendent de sainte Anne le secours qui nous est nécessaire à tous en ces jours de si tristes et si sérieuses préoccupations.

Qu'il me soit permis, Messieurs, de vous dire, à l'exemple de mon bien-aimé Métropolitain : *Confidite !* N'ayez pas peur !... Ce n'est pas l'évêque de ce diocèse qui peut vous préserver des dangers qui nous menacent. Il s'adresse à sainte Anne, qui lui a donné tant de gages de sa haute protection. Il sollicitera spécialement pour vous, saints religieux dont il connaît le zèle et l'abnégation, la grâce de continuer, pour la consolation de l'Église et pour le bonheur de la France, l'exercice d'un ministère si bien rempli, auprès de l'enfance, de la jeunesse, de l'âge mûr et de la vieillesse ; il réclamera la liberté, qui vous est due, de rester au service de Dieu et du prochain.

Messeigneurs, Messieurs, j'ai nommé l'Église et la France, c'est-à-dire les deux Mères qui se partagent les meilleurs sentiments de nos cœurs, les plus ardentes aspirations de nos âmes. Notre religion et notre patriotisme s'entendront toujours ainsi pour former des vœux conformes à nos plus pressants besoins et à nos plus fermes espérances. Tant il est vrai qu'il n'est pas dans les habitudes bretonnes *de séparer ce que Dieu a uni.*

Comment oublierions-nous en cette belle fête de famille notre Père qui est au Vatican ! *Que le Seigneur le conserve ! qu'il le vivifie ! qu'il le rende heureux sur cette terre !*

A ces fins, si désirables, nous adresserons souvent à sainte Anne l'invocation suivante, que j'emprunte au cantique national de nos pèlerinages :

« La Bretagne est toujours fidèle
» A l'Église, au Pontife-Roi ;
» Elle est à toi, veille sur Elle,
» Garde-lui son Christ et sa foi ! »

(25 JANVIER 1882)

MESSEIGNEURS (1), MESSIEURS,

Vous aurez la charité de me plaindre. J'ai le
devoir et je sens le besoin de prendre la parole.
Or, tout a été dit, si bien dit, en vers et en prose!..
Personne n'a été oublié, ni les présents, ni les
absents, ni les vivants, ni les morts... Je m'associe
de cœur et d'âme aux accents pleins de poésie et
d'éloquence qui méritaient les applaudissements
par lesquels vous les avez soulignés.

Moi aussi, je regrette vivement que cette belle
fête de famille n'ait pas été présidée par l'Éminentissime Cardinal-Archevêque de Rouen, Primat
de Normandie. Il lui appartenait de sacrer son
nouveau Suffragant. Je le remercierai de la gracieuse délégation dont il a daigné m'honorer. Une
indisposition qui, grâce à Dieu, n'aura pas de
suites, a empêché notre bien-aimé Métropolitain
de rehausser de sa présence cette réunion si tou-

(1) Messeigneurs de Séez, de Bayeux et de Nantes.

chante par elle-même. Plusieurs places, restées vides, devaient être occupées par d'illustres Prélats et de Révérends Abbés retenus loin de nous, contre leur gré. A l'instant même, des lettres m'apportent de Thymadeuc et de Solesmes l'expression de la plus religieuse sympathie....

Malgré toutes ces privations, ma joie égale ma reconnaissance.

Monseigneur Trégaro vient de justifier le témoignage que je rendais de lui à son prédécesseur, trop tôt ravi, malgré son grand âge, à la vénération de ses diocésains. J'en appelle à vous tous, Messeigneurs, Messieurs : n'est-ce pas un homme *d'esprit*, *de cœur et de caractère* que nous venons d'applaudir à l'envi ?

Très chers Collègues de Bayeux et de Nantes, nous pouvons nous réjouir d'avoir armé ce matin pour le bon combat un vaillant athlète. Je vous rends grâces de votre bienveillant concours.

Vous êtes venu de loin, Monseigneur Hugonin, malgré la rigueur de la saison. Vous avez d'autant mieux mérité de l'Église de Séez et de l'Église de Vannes. Me permettez-vous de dire toute ma pensée ? Il y avait si longtemps que je vous attendais !... Notre-Dame de la Délivrande se montrait-elle jalouse de sainte Anne et voulait-elle garder pour elle seule vos hommages ? Elle nous rappellerait plutôt, au besoin, ce vieux commandement :

Tes père et mère honoreras
Afin de vivre longuement.

La Fille est sans doute heureuse de vous voir aux pieds de sa Mère. Nous partageons son bonheur... *L'humble servante du Seigneur* nous saurait mauvais gré de rappeler ici tous les titres scientifiques et honorifiques de l'Ange de l'Église de Bayeux, autrefois professeur en Sorbonne, Docteur de je ne sais combien de facultés. Il ne m'est pas défendu, Monseigneur, de proclamer tout haut votre don de discernement. Plusieurs fois vous avez tiré du riche trésor de votre Clergé des prêtres éminents qui devaient briller et édifier aux postes les plus élevés de la sainte hiérarchie. C'est à vous, après Dieu, que nous devons de voir assis, avec tant de dignité, de lumières et de vertus, sur le siège dix-huit fois séculaire de saint Clair, un pontife que nous aimons. A tous les cœurs bien nés la Patrie est trop chère, pour que Monseigneur Le Coq se résigne à préférer notre Bretagne à sa Normandie. Ces deux provinces font libéralement, de temps à autre, des échanges où Dieu trouve sa gloire et le salut de ses enfants, sans exiger de ceux qui y travaillent, avec intelligence et dévouement, de trop pénibles sacrifices.

Vous avez su nous comprendre, Monseigneur de Nantes. Vos diocésains et vos voisins d'outre-Vilaine s'efforceront, non pas de vous faire oublier Luçon et Saint-Jean de Caen, où votre éloquence et votre zèle ont opéré tant de conquêtes, mais de vous attacher par des liens de jour en jour plus forts à ce pays de foi plus vive et de traditions toujours honorables.

Si jamais, par impossible, j'osais chercher querelle à Votre Grandeur, je me plaindrais peut-être des petites infidélités que les catholiques Nantais, pieux pèlerins de Notre-Dame de Lourdes, se permettent à l'égard de Sainte-Anne. Leur dévotion est si admirable et leur entrain si séduisant; leurs chants sont si mélodieux et leurs évêques parlent si bien, que, tout naturellement, je ne me lasserai jamais de les voir et de les entendre. Veuillez dire aux habiles organisateurs de vos pèlerinages renommés de ne pas nous abandonner et de compter sur notre empressement à les accueillir comme ils le méritent.

Après tout, Messeigneurs, Messieurs, trève de rivalités ! *Charitas non æmulatur !* Et puis Notre-Dame de Lourdes, Notre-Dame de la Délivrande, Notre-Dame de Séez, et tant d'autres hautes et puissantes Dames, protectrices et gardiennes de la France, s'entendront pour inspirer en Normandie et plus loin les sentiments inaltérables de piété filiale que tout Breton professe et pratique envers la Patronne de ce pays.

Ce qui s'est passé ce matin dans la splendide Basilique d'où nous sortons émus et réconfortés, me paraît propre à opérer de merveilleuses rencontres. Si l'on ne venait pas vers nous aussi promptement et aussi souvent que nos cœurs le souhaitent, nous essaierions de mettre dans nos intérêts les saints et les saintes qui se partagent les vœux ardents du Clergé et des fidèles des diocèses si bien représentés aujourd'hui à Sainte-Anne.

A vous, dignes prêtres de Séez, de Rennes, de Nantes, de Quimper, de Saint-Brieuc et de Vannes, mes dernières paroles. Il ne me suffit pas de vous dire merci. Dans l'Église militante, comme dans les armées les mieux aguerries, les chefs, pour gagner les batailles, ont besoin de compter sur leurs subordonnés. De nos jours, plus que jamais, les pauvres évêques — mes vénérés Collègues ne me reprocheront pas ce qualificatif — aux prises avec des difficultés de toutes sortes, ont la consolation de voir leurs chers coopérateurs se grouper autour d'eux, comme ils se font eux-mêmes une douce obligation d'entourer le Pape de leur vénération, de leur obéissance et de leur amour. Avec la grâce de Dieu, jointe au secours ferme et circonspect qu'ils attendent de vous, Messieurs, vos évêques vous mèneront à la victoire. Elle pourra coûter cher. Tôt ou tard, l'Église triomphera de ses ennemis. Courage donc et confiance!

Au Petit-Séminaire

ÉMINENCE (1),

Pour la troisième fois, votre très humble mais
non moins affectionné suffragant s'est permis de
faire appel à votre piété filiale envers la Patronne
de notre pays, devenu le vôtre et dont vous êtes
une des gloires les plus pures. Avec une grâce
parfaite, vous avez daigné vous joindre à nous,
pour rendre hommage à sainte Anne et implorer
sa puissante protection. Votre auguste présence
nous honore et nous réjouit plus que je n'essaierai
de l'exprimer. Soyez-en béni ! Si nos vœux sont
exaucés, cette belle province ecclésiastique sera
longtemps heureuse et fière d'avoir pour métropolitain un Prince de l'Église dont la sagesse, le
zèle et la générosité sont connus de tous. Nous
aurions peur, si, au milieu des ténèbres qui

(1) Monseigneur le Cardinal Place.

15

s'épaississent sensiblement de jour en jour, nous n'avions des guides d'autant plus sûrs qu'ils ne font qu'un esprit, qu'un cœur et qu'une âme avec l'oracle infaillible du Vatican.

Il faut admirer les attentions de la Providence : au moment où l'une des plus éclatantes et des plus vives lumières de l'Église de France allait s'éteindre dans la majesté d'une sainte mort, il nous en est apparu d'autres qui nous rassurent et nous réconfortent.

L'évêque de Vannes aura les yeux fixés sur vous, Éminence : il profitera de vos conseils et de vos exemples.

J'espérais grouper autour de Votre Éminence, à cette fête de famille, d'autres évêques. Résignons-nous à leur absence, après avoir agréé leurs regrets. Notre reconnaissance n'en est que plus vive à l'égard des deux Prélats que nous avons le bonheur de posséder.

Depuis longtemps l'éloquent évêque de Coutances était désiré et attendu chez nous. Si j'en juge par mes propres impressions, Monseigneur, tout le monde serait tenté de vous applaudir avant même de vous avoir entendu. Espérons encore que le temps nous permettra, ce soir, de monter à la *Scala-Sancta*, d'où votre voix vibrante éveillera dans l'âme de vos auditeurs un religieux enthousiasme. Ce n'est pas d'aujourd'hui que je me suis senti porté vers Votre Grandeur par les élans de la plus fraternelle sympathie. Cependant j'appris,

la semaine dernière, à me rapprocher plus intimement de vous. On s'instruit en voyageant de
compagnie avec des hommes d'esprit et de cœur.
Laissez-moi rappeler ici la vieille légende que
vous m'avez contée aux pieds de Notre-Dame sur
Vire. Vers le xii° siècle, des pêcheurs normands
sentirent leur filet si pesant, qu'ils crurent à une
pêche miraculeuse. La réalité dépassa leur espérance.... Au lieu d'un énorme poisson, ils parvin-
rent à jeter sur la rive une statue représentant à
la fois sainte Anne, la Vierge et l'Enfant Jésus...
Pourquoi les habitants de cette contrée choisirent-
ils pour patronne la Fille et non pas la Mère ?
Vous ne me l'avez pas dit. Je n'aurai pas l'indis-
crétion de vous le demander. Je préfère profiter
de l'occasion solennelle qui m'est offerte pour
resserrer les liens qui nous unissent, en inscrivant
votre nom, après celui de Son Éminence et non
loin de celui de M⁰ᵣ Sauvé, sur la liste des Chanoines d'honneur de ma cathédrale.

Monseigneur Sauvé nous rendait, il y a quelques
années, avec talent et obligeance, le service que
vous ne m'avez pas refusé. Ce matin, le vénérable
Prélat a justifié, dans la chaire de notre basilique,
cette sentence de l'Esprit saint : *Vir obediens
loquetur victorias.* N'est-il pas naturel que les
docteurs enseignent avec autant de fruit que de
bonne volonté ?

Éminence, vous aimez, comme moi, à voir assis
à votre table ces prêtres d'élite venus de tous les

diocèses de Bretagne et jusque de la Lorraine, à
côté de ces vaillants auxiliaires qui, sans porter
notre robe, mettent leur savoir et leur dévouement
au service des causes sacrées que nous sommes
tous disposés à protéger et à défendre, au prix
des plus pénibles sacrifices.

Tous ensemble, Messeigneurs et Messieurs,
confions à sainte Anne nos craintes et nos espérances, en lui disant, du fond de nos cœurs
pénétrés d'amour et de reconnaissance :

Sancta Anna, propugnaculum Ecclesiæ,
Patrona Britonum,
Auxiliatrix omnium ad te clamantium,
Ora pro nobis !

(14 SEPTEMBRE 1886)

1° A la Scala-Sancta

Mes Frères, prévoyant ce qui devait se passer ici en ce jour d'impérissable souvenir, je suppliai Notre Très Saint Père le Pape de m'autoriser à donner aux pèlerins du 14 septembre la bénédiction apostolique, à laquelle est attachée une indulgence plénière. Avant de remplir ce mandat, dont je m'honore et me réjouis vivement, je me plais à écouter une voix mystérieuse qui sollicite puissamment mon cœur. Ne l'entendez-vous pas vous-mêmes? C'est peut-être l'Ange gardien de notre célèbre sanctuaire, qui plane sur cette immense assemblée, en nous criant : *Depositum custodi.* Gardez le dépôt : gardez-le fidèlement : gardez-le toujours...

De quel dépôt s'agit-il, mes Frères? De cet étendard du Roi Jésus que voilà exposé à nos regards attendris. Depuis dix-neuf siècles, il a fait le tour du monde chrétien; mais, hélas! le monde moderne n'en veut plus, malgré les victoires qu'il a remportées, malgré les bienfaits qui lui sont dus.

Vous, mes Frères, vous le saluez avec d'autant plus de respect. Vous voulez que, après avoir protégé votre berceau, il s'élève sur votre tombe, comme un symbole d'espérance et d'immortalité. Après l'éloquent discours que nous venons d'entendre, vous connaissez mieux que jamais le prix de l'incomparable trésor que les pèlerins de Jérusalem nous font l'honneur de confier à notre vigilance et à notre dévotion.

C'est un engagement d'honneur qui nous est demandé. Ne le prenez pas sans y réfléchir encore. Écoutez-moi donc : Jurez-vous de garder fidèlement ce dépôt sacré ? Jurez-vous de le défendre coûte que coûte ? Jurez-vous de vous montrer toujours dignes d'une aussi sainte et salutaire mission (1)?

Mes Frères, vos généreuses acclamations, qui me pénètrent d'admiration et de reconnaissance, ont eu leur retentissement jusque dans les hauteurs des cieux. Je prends à témoin de vos serments solennels les vénérés Prélats dont l'auguste présence rehausse cette cérémonie si imposante par elle-même, et à qui j'adresse, nous adressons tous, de cœur et d'âme, nos plus sincères remerciements. Je prends à témoin de vos serments les pieux pèlerins de Jérusalem, leur intelligent et

_____

(1) Ce fut alors, rapporte la *Semaine Religieuse,* une scène d'une imposante grandeur. L'auditoire, saisi d'une émotion profonde, répondit tout d'une voix : *Nous le jurons !*

infatigable Directeur. C'est à eux, c'est à lui que
nous devons l'éclat de cette manifestation religieuse, qui mériterait d'être inscrite en lettres d'or
dans les Annales déjà si glorieuses de notre antique pèlerinage. Merci aux pèlerins de Jérusalem!
Merci aux RR. PP. de l'Assomption! Que sainte
Anne les récompense, les dirige dans leurs pacifiques expéditions et les ramène ici bien souvent!

Je prends aussi à témoin de vos serments la
puissante Protectrice de notre catholique Bretagne. Voyez-vous au sommet de ce trône de
granit élevé par notre foi et notre piété filiale, son
image bénie, qui brille aux rayons du soleil...
C'est Dieu qui éclaire de tous ses feux l'indescrip-
tible spectacle auquel nous applaudissons avec
amour et reconnaissance. Qui donc pourrait le
contempler sans une douce émotion, sans la plus
ferme espérance?

C'est pourquoi, Nous prenons Dieu lui-même
à témoin de vos chrétiennes résolutions. Qu'il
vous fasse la grâce d'y être fidèles jusqu'à la mort.
Potius mori quàm fœdari!

Et maintenant, chers et pieux pèlerins de Jérusalem, qui tenez à être à la peine jusqu'à la fin,
et qui désirez porter, pieds nus, cette croix dont
le poids vous sera léger, chargez-la sur vos
épaules... Nous allons vous suivre dans le vieux
cloître, où elle doit être plantée, aux acclamations
de ce peuple fidèle, où nous la vénérerons les
premiers, où, de génération en génération, elle

sera l'objet de la même vénération et de la même
confiance. Debout! Allez! Nous vous ferons cortège. Heureux serons-nous tous d'avoir assisté à
cette marche triomphale! Chantons en chœur :

Vexilla Regis prodeunt,
Fulget crucis mysterium !

2° Au Petit-Séminaire

MESSEIGNEURS, MESSIEURS,

Les grandes joies devraient, me semble-t-il,
être muettes comme les grandes douleurs... Mais
comment me taire en votre présence? Lors même
que l'esprit reconnaît son impuissance, le cœur
réclame ses droits. Il sait que, en payant ses
dettes, il s'enrichira. Or, que ne vous dois-je pas
à tous? *Quid retribuam?*

Mais, dit un vieil adage : A tout seigneur,
tout honneur!

Par conséquent, à Notre Seigneur Jésus-Christ,
qui triomphe aujourd'hui par sa Croix, en ce lieu
béni, témoin de tant de manifestations émouvantes
et salutaires!... A lui seul tout honneur et toute
gloire!

A son Vicaire! Au grand Pape qui gouverne la
barque de Pierre, en ces temps malheureux, avec
autant de sagesse que de fermeté! Au Pontife,

Docteur et Pacificateur! A l'auteur de tant d'Encycliques admirables, où nous ont été signalés, avec une hauteur de vues et une profondeur de pensées également saisissantes, les maux dont souffrent l'Église et la Société civile et les seuls remèdes efficaces qu'il est urgent d'y apporter! Longue vie à Léon XIII! Préparons-nous à célébrer, l'année prochaine, le Jubilé sacerdotal de notre Père commun, qui souffre, au Vatican, persécution pour la justice et la vérité.

Nous y serons, Messeigneurs, s'il plaît à Dieu! Nous porterons à Rome les présents de Nos diocésains et les témoignages de Notre filial et inaltérable attachement...

A Monseigneur l'évêque d'Orléans! L'Évêque d'Orléans! Que de souvenirs se rattachent à ce nom, toujours bien porté. Vous ne nous appartenez pas par droit de naissance, bien-aimé Seigneur, mais vous avez conquis tant de titres à notre fraternelle et filiale sympathie! Jeune prêtre, vous êtes venu parmi nous, toujours gracieux et bon; la simplicité bretonne ne vous déplaisait pas. Vous viviez, pendant les loisirs que vous laissait votre ministère, de la vie de prêtres vénérables que nous avons connus et aimés. Vous partagiez notre dévotion envers sainte Anne. Vous la partagez encore. Pour la seizième fois, vous êtes venu l'invoquer, la remercier, amenant avec vous un témoin vivant de sa puissance et de sa bonté. En nous présentant votre *miraculé*, vous nous prêchez, sans le vouloir, la vigilance que nous ne pratiquons peut-être pas comme il conviendrait, lorsqu'il s'agit de constater les prodiges qui s'opèrent ici chaque jour... Sans rechercher le bruit, sans crier mal-à-propos au miracle, il serait juste, pour la gloire de notre Patronne, de lui rendre tout ce qui lui est dû. Vous connaissez bien notre grande Sainte, une des plus grandes du Paradis ; c'est pourquoi vous revenez à elle. Ne vous lassez pas : nous profiterons de vos exemples et de votre si douce présence. A notre tour, nous irons chez vous. Ne manquez pas de Nous inviter à vous porter Nos félicitations, lorsque sera introduite la cause de la Vierge Libératrice d'Orléans. Ah ! s'il nous était donné de voir luire le jour de la béatification de Jeanne d'Arc ! Espérons que nous contribuerons à ce triomphe par le *postulatum* qui sera signé tout à l'heure. Il répond aux aspirations intimes de notre patriotisme et de notre religion.

A Monseigneur l'évêque de Blois ! Vous êtes absolument des nôtres, Monseigneur. A tous égards, vous êtes ici chez vous. Sans parler de la Basilique de Sainte-Anne, dont vous avez vu poser la première pierre, envoyé par l'évêque de qui vous avez appris à porter le bâton pastoral, pour le bonheur du peuple que la divine Providence réservait à votre sollicitude éclairée et paternelle, vous aimez nos clochers à jour, au milieu de nos bruyères ; ne les préférez-vous pas même à vos châteaux historiques ? Toujours est-il que vous

avez répondu avec une grâce parfaite à mon
appel, vous résignant à laisser au foyer de la
famille votre vénérable mère, chargée d'ans et
de vertus, heureuse et fière de son fils, dont les
visites charment sa verte vieillesse. Veuillez lui
porter la bénédiction et les vœux des évêques
réunis aujourd'hui à Sainte-Anne et lui remettre
la petite médaille qui sera sa part de pèlerinage
et me vaudra de ferventes prières dont j'ai grand
besoin.

A Monseigneur l'évêque de Versailles, arrivé
ici ce matin à l'improviste ! ce qui double le prix
et l'honneur de sa venue. Merci, Monseigneur,
d'avoir si bien deviné mes sentiments. Vous
n'êtes point un inconnu pour les prêtres qui nous
entourent. Ils ont lu et admiré, comme moi, les
discours que vous prononciez dans la chapelle du
palais de Versailles, à la rentrée des Chambres,
lorsque les lumières du Saint-Esprit et les exhortations d'un pontife ne paraissaient pas encore
superflues. Soyez donc le bienvenu, cher et vénéré
Seigneur ! J'ose croire que vous emporterez d'ici
l'espoir et le désir de nous causer d'aussi agréables
surprises.

Aux pèlerins de Jérusalem ! Aux pieux et zélés
organisateurs de ces pacifiques croisades du
XIXᵉ siècle !

Mais il ne faut pas que les absents aient tort à
cette fête de famille. Je désire que le T. R. Père
Picard soit informé du souvenir particulier qui

lui est donné aux pieds de sainte Anne. Il souhaitait de nous présenter lui-même la croix qu'il m'avait promise l'an dernier à Lourdes. Dieu lui en a imposé une autre plus lourde et très méritoire, puisque, sans ralentir son zèle, elle l'arrête lui-même dans l'accomplissement de ses meilleurs desseins. Puisse notre Patronne obtenir la guérison de cet homme apostolique! Toujours est-il qu'il a tenu parole. Les Moines sont hommes d'honneur. Tous ces Religieux qui marchent à l'avant-garde des persécutés, rendent charitablement le bien pour le mal, et continuent l'œuvre de Dieu dans tous les chemins de traverse où les événements les poussent. Saluons, Messieurs, respectueusement ces vaillantes légions qui, dans la vie active ou au fond des solitudes, prient, chantent et se mortifient avec tant de générosité! Victimes volontaires, elles arrêtent le bras vengeur de la Justice divine, et les pasteurs des peuples chrétiens les bénissent et les encouragent.

A l'orateur (1) qui nous a charmés, en nous transportant dans des régions supérieures à toutes les petites passions humaines! Comme il a su captiver l'attention de son immense auditoire! Nous lirons, après l'avoir écoutée, cette harangue dont je le savais capable. En choisissant de pareils prédicateurs, Messieurs, votre évêque vous prouve qu'il tient à vous être utile et agréable et qu'il n'a pas mauvais goût.

(1) M. l'abbé Bourdon, curé-archiprêtre de Saint-Malo.

Il y a longtemps, mon cher Curé, que nous sommes liés d'une amitié que le nombre des années fortifie. Je ne voudrais pas vous vieillir. Mais vous souvient-il de notre première entrevue à Sainte-Reine? Vous étiez tout petit : je n'étais pas très grand. Je vous vois encore à côté de votre mère, une de ces femmes fortes qui, grâce à Dieu, n'ont pas disparu de notre pays. Témoin la mère de l'évêque de Blois, dont je parlais tout à l'heure, pour consoler son fils de s'être éloigné d'elle ces jours-ci, par amour pour la Mère de Marie et par affection pour nous. Vous avez appris l'un et l'autre de vos mères à rendre à Dieu et à ses saints le culte qui leur est dû. Nous recueillons aujourd'hui ce qu'elles ont semé dans vos âmes, et chacun de nous s'enorgueillit de voir que la Bretagne engendre des prêtres dignes d'évangéliser les pauvres et les riches, les savants et les ignorants.

Au Clergé breton! disons mieux, au Clergé français! Messieurs, vous représentez ici je ne sais combien de diocèses. Combien étiez-vous, avec ou sans habit de chœur, au milieu de ces vingt mille pèlerins? D'où veniez-vous? Je l'ignore. Ce dont je ne doute nullement, c'est que les uns et les autres, vous aviez au cœur la flamme sacerdotale : elle s'est alimentée de l'ardeur des vrais chrétiens qui nous ont édifiés. Retournez, Messieurs, au poste qui vous est confié dans la sainte Église. Dites aux chères âmes dont vous

avez la garde, que vous avez vu des merveilles et
que vous avez puisé à bonne source le secret d'en
opérer de nouvelles, par la grâce de Dieu et par
la protection de sainte Anne. Vos évêques comptent
sur vous, sur votre savoir, sur vos vertus, sur
votre dévouement, sur la sagesse que nous impose
à tous la gravité des circonstances présentes.
Comprenons-nous; aidons-nous; groupons-nous
autour du Souverain Pontife : il a, comme Celui
dont il est le Représentant sur la terre, les paroles
de la vie éternelle.

Messeigneurs et Messieurs du Clergé, nous avons
le bonheur de voir assis à notre table de vaillants
chrétiens qui ne portent pas notre robe, mais qui
n'ont point oublié leurs promesses baptismales.
Aux laïques qui ont bien voulu prendre part à nos
agapes fraternelles, préparées avec une simplicité
d'autant plus bretonne, que nous ne devions pas
perdre de vue notre pèlerinage de pénitence ! Ce
sont pour nous des auxiliaires de bonne volonté.
Leurs services nous trouveront toujours reconnaissants. Si nous avons les plus sérieux motifs
pour déplorer et réprouver l'invasion du laïcisme,
nous rendons hommage, sans acception de personnes, au mérite et à la vertu.

XIII. — FÊTE DE SAINTE ANNE

(JUILLET 1887)

Au Petit-Séminaire

MESSEIGNEURS, MESSIEURS,

Comment vous remercier convenablement du bienvçillant concours que vous m'avez prêté en ces beaux jours de fête ! L'auguste Aïeule de Jésus se chargera d'acquitter ma dette. Ne vous a-t-elle pas fait sentir les effets de sa puissance et de sa bonté depuis votre arrivée en ces lieux témoins de tant de prodiges ? Quelle édification vous ont procuré ces nombreux et fervents pèlerins, accourus ici pour lui témoigner leur amour et leur reconnaissance ! Ne vous semble-t-il pas que leur dévotion s'accroît sensiblement depuis que son Image bénie a reçu les honneurs du couronnement ? La plupart d'entre vous ont été à même de juger de ces progrès. Si vous n'êtes pas tous des habitués de nos pèlerinages, chacun de vous y a souvent pris part.

Pourriez-vous nous dire, Monseigneur l'Archevêque de Paris, l'époque à laquelle remonte votre premier acte de piété filiale envers sainte Anne ? À bien dire, cette dévotion n'est-elle pas innée au cœur de tout Breton ? Combien de fois ne l'avez-

vous pas manifestée ? Il me souvient que, depuis
votre consécration épiscopale, vous avez daigné
deux fois répondre à l'invitation de votre humble
Collègue. La première faillit nous causer d'amers
regrets et briser une carrière déjà bien remplie
mais qui n'est pas encore à son apogée. Sans être
prophète, j'ose prédire qu'un jour vous nous re-
viendrez revêtu de la pourpre romaine. Votre foi
vous ramènera aux pieds de la Patronne d'un
pays dont vous êtes une des gloires les plus pures.
En attendant, merci pour le présent et pour le
passé. Je demande à Votre Grandeur la permission
de l'inscrire au nombre des chanoines d'honneur
de ce diocèse.

Ce n'est pas d'aujourd'hui non plus que Monseigneur de Raphanée nous honore de sa visite
et partage notre joie vraiment nationale. Il se
console ainsi des sacrifices que lui a imposés une
santé trop tôt ruinée dans de glorieux travaux,
sous un climat meurtrier. Si nos vœux sont
exaucés, il continuera longtemps de faire un usage
charitable de ses pénibles loisirs.

Je me félicite de pouvoir saluer en même temps
un autre évêque missionnaire qui nous semble la
preuve vivante que le zèle, comme la valeur,
n'attend pas le nombre des années. Monseigneur
Kersuzan est le troisième évêque que notre diocèse fournit depuis moins d'un quart de siècle
à l'intéressante Église d'Haïti. Hélas ! l'un d'entre
eux, à qui j'avais imposé les mains, a trop tôt reçu

la récompense de son dévouement apostolique.
Le nouvel Élisée que nous avons le bonheur de
posséder pour quelques mois au milieu de nous
et qui avait besoin de réparer ses forces, méritait
à tous égards de recueillir l'héritage que lui réservait la Providence. Un des nôtres par sa naissance, il fait, lui aussi, grand honneur à son pays
d'origine. Tout en se dépensant pour ses fils d'a-
doption, il n'oubliera point ses frères de Vannes.
Que Dieu prolonge vos jours, Monseigneur ! Que
sainte Anne, qui vous a vu grandir de toutes
façons auprès de son sanctuaire, dirige vos pas
dans la voie de la paix ! Portez à votre bien-aimé
Métropolitain, qui a passé trop rapidement dans
cette Maison, en y faisant le bien, l'hommage de
mon fraternel attachement.

Et vous tous, Messieurs, prêtres et laïques, tels
que nous les aimons, recevez l'assurance de ma
religieuse sympathie. Ne comptons pas en vain,
les uns et les autres, sur le secours mutuel dont je
réclame une part proportionnée à mes besoins. Afin
de cimenter plus fortement notre union de pensées
et de sentiments, je vous propose de signer avec
les évêques ici présents l'adresse dont je vais vous
donner connaissance.

Très Saint Père,

Humbles serviteurs de Votre Sainteté, au jour
même où nous nous sommes réunis en grand
nombre, dans la Basilique renommée de Sainte-

16

Anne d'Auray, au diocèse de Vannes, pour vénérer, par un culte solennel, la Patronne des Bretons, et où nous avons reçu le don précieux de la Bénédiction apostolique qui nous a été accordée par votre bonté paternelle, nous considérons comme un devoir bien doux de Vous exprimer notre amour, notre dévouement et notre filiale piété.

Nous sommes persuadés, Très Saint Père, que nos vœux seront accueillis par Vous, avec une bienveillance d'autant plus grande qu'ils s'élancent en quelque sorte, sous de plus fortunés auspices, du Sanctuaire où est honorée l'Épouse auguste du bienheureux Joachim. En outre, nous nous réjouissons grandement de voir arriver le jour très prochain dans lequel l'Église, rendant à saint Joachim les honneurs nouveaux qu'il doit à votre reconnaissance, célébrera le glorieux Patron du meilleur des pères. Daigne Votre Sainteté agréer, à cette occasion, l'expression de nos souhaits de fête. Qu'Elle daigne également tenir pour agréables les acclamations que, dès aujourd'hui, nous faisons monter vers Dieu, en nous réjouissant par avance de votre Jubilé sacerdotal.

Prosternés humblement aux pieds de Votre Sainteté, nous La prions, Très Saint Père, de nous bénir.

Sainte-Anne, diocèse de Vannes,
        26 juillet 1887.

(JUILLET 1888.)

Au Petit-Séminaire

MESSEIGNEURS,

En vous conviant à ce pèlerinage, je vous avais dit que vous y jouiriez d'un spectacle bien consolant pour vos cœurs d'évêques. N'en est-il pas ainsi? Pourriez-vous regretter l'honneur que vous nous avez fait et le plaisir que vous nous avez procuré?

Deux d'entre vous sont destinés à nous venir en aide pour rendre à notre Patronne tous les hommages qui lui sont dus.

Monseigneur de Sébaste, par l'empressement que vous avez mis à venir invoquer la Patronne de notre catholique Bretagne, vous avez justifié le choix dont vous a honoré notre éminent Métropolitain. Comme lui, vous avez aussitôt conquis nos cœurs et enthousiasmé nos âmes par les accents de votre voix d'apôtre. Vous aviez trop souvent célébré les gloires de Marie, pour ne pas aimer à rendre à sainte Anne un culte de prédilec-

tion. N'est-ce point plutôt Notre-Dame de Four-
vière qui vous a valu de partager les travaux du
vénéré prélat que nous devons aussi peut-être à la
sollicitude de Notre-Dame de la Garde ? Toujours
est-il que, l'un et l'autre, vous nous avez adoptés
avec une bonté paternelle dont nous sentons tout
le prix et dont nous bénéficierons à l'envi.

Monseigneur de Quimper était depuis longtemps
un pèlerin de Sainte-Anne, lorsque la Providence
l'a fait asseoir sur les sièges de saint Corentin et
de saint Paul de Léon. Il Nous avait donné personnellement bien des preuves de son amitié.
Aussi avons-nous applaudi à son élection, persuadé
qu'il saurait nous comprendre, accepter nos coutumes et partager notre dévotion envers celle qui
reçoit aussi dans son diocèse un culte dont nous
ne serons pas jaloux. Cependant il faudra bien
qu'il se résigne à entendre dire que Sainte-Anne
d'Auray ne cèdera aucun de ses droits à Sainte-
Anne de la Palue. Mais les deux évêques vivront
en trop bonne intelligence pour que la dévotion
bretonne ne suive pas paisiblement son cours
séculaire et toujours si édifiant.

Je suis pareillement convaincu que Monseigneur
l'évêque de Tarse, qui nous est venu de si loin,
emportera d'ici le souvenir vivifiant qui résulte
toujours d'une foi ardente, manifestée simplement,
comme tout ce qui est grand et vrai.

Combien je remercie Votre Grandeur d'avoir
rehaussé de sa présence cette fête de famille,

présidée par des évêques que nous aimerons à
revoir souvent dans ce vieux sanctuaire, si gé-
néreusement rajeuni et agrandi par la piété filiale.
Aux pieds de notre Protectrice nous demanderons
que ce peuple qui a l'heureuse fortune d'être
évangélisé par vous, se souvienne toujours de la
doctrine que prêchait l'Apôtre des Gentils, et dont
les puissants échos sont parvenus jusqu'à nous,
par la grâce de Dieu et la protection de sainte
Anne.

Prêtres et laïques, joignez-vous à moi, je vous
prie, pour exprimer à mes vénérés Collègues les
sentiments de respect et de gratitude dont nos
cœurs débordent. Tous, Messieurs, agréez la
cordiale assurance du religieux attachement que
je vous ai voué, en retour de toutes les nobles
qualités dont le ciel vous a gratifiés.

(8 DÉCEMBRE 1888)

Au Petit-Séminaire

MONSEIGNEUR,

A une fête de famille la place d'honneur est toujours réservée au père. En son absence, son souvenir est évoqué. Aujourd'hui, évêques, prêtres et fidèles, nous avons un motif tout particulier pour rendre au Souverain Pontife les hommages qui lui sont dus.

C'est Léon XIII, en effet, qui, par un don tout gracieux, m'a fourni l'occasion de réunir extraordinairement aux pieds de sainte Anne ses dévots serviteurs. La barque symbolique offerte au Pape pour ses noces d'or nous a été envoyée par lui. Nous la conserverons précieusement dans notre Basilique, dont elle ne sera pas le moindre ornement.

Il vous appartenait, Monseigneur de Nevers, d'en prendre, le premier, le commandement. Pour accomplir une navigation plus salutaire et plus conforme à nos ardents désirs, vous avez saisi le

calice du divin Pilote et vous avez invoqué le nom
du Seigneur, à toutes les intentions de nos diocésains, particulièrement à celles de la pieuse Congrégation qui avait eu l'ingénieuse pensée de se
faire représenter ainsi à l'exposition du Vatican.
Voulant mettre le comble à vos aimables attentions, vous avez évangélisé mon peuple, comme
vous savez le faire, avec une parfaite sûreté de doctrine et une rare richesse d'expressions. Soyez-en
remercié.

Cependant, je ne suis pas encore satisfait. J'ai
deux nouvelles grâces à vous demander.

Vous ne refuserez pas de vous attacher à nous
par des liens plus étroits, en qualité de Chanoine
d'honneur de notre Cathédrale, et Votre Grandeur
sera heureuse de signer avec nous tous l'adresse
dont je vais donner lecture, après avoir dit à cette
assistance, qui partage ma joie et ma gratitude,
combien je m'applaudis de me voir si bien entouré,
quand il s'agit d'accueillir mes vénérables Frères
dans l'épiscopat avec tout le respect et l'affectueuse sympathie dont vous êtes personnellement
si digne.

Adresse à Notre Très Saint Père Léon XIII

(SAINTE-ANNE, LE 8 DÉCEMBRE 1888)

Très Saint Père,

Le 8 décembre sera désormais une date mémorable dans les Annales du pèlerinage de Sainte-

Anne. Pouvions-nous choisir une plus belle fête pour inaugurer la riche chapelle que Votre Sainteté a daigné offrir à la Patronne de la Bretagne, en souvenir de son Jubilé sacerdotal ?

Monseigneur l'évêque de Nevers, le digne pasteur des pieuses Filles qui eurent l'heureuse inspiration d'envoyer à l'exposition Vaticane, la barque symbolique dont nous avons hérité, grâce à votre paternelle munificence, a bien voulu se rendre à notre invitation fraternelle et présider cette manifestation extraordinaire de notre foi et de notre piété filiale. Sa Grandeur, en signant la présente adresse, s'associe à notre reconnaissance. Son exemple sera suivi par un certain nombre de pèlerins, prêtres et fidèles.

Tous ensemble, Très Saint Père, nous avons supplié le Seigneur, par l'intercession puissante de la Mère de Marie et de son saint Époux, votre glorieux Patron, de conserver longtemps à l'Église, si cruellement persécutée de nos jours, le Chef auguste qui la gouverne avec tant de savoir et de sagesse. Si nos vœux ardents sont exaucés, votre pontificat, déjà très fécond en œuvres salutaires, au double point de vue religieux et social, amènera le prochain triomphe de la vraie civilisation. Hommage sera rendu à la vérité, à la justice, à la morale chrétienne. Les droits de Dieu que vous avez éloquemment proclamés *Urbi et Orbi*, deviendront la règle obéie de nos devoirs. L'indépendance du Vicaire de Jésus-Christ, Pontife et

Roi, assurera le respect de la propriété, la dignité de la famille, la paix universelle, dans l'ordre public, la charité fraternelle et la liberté humaine.

Humblement prosterné à vos pieds, Très Saint Père, Nous osons solliciter par surcroît le bienfait de la bénédiction apostolique pour tous nos dévots pèlerins, pour le pasteur et pour le troupeau.

Votre très humble et très obéissant serviteur et très affectionné fils,

    † JEAN-MARIE, *Év. de Vannes.*

XVI. — FÊTE DE SAINTE ANNE

(JUILLET 1890)

**TRANSLATION SOLENNELLE DE LA RELIQUE INSIGNE OFFERTE
PAR MONSEIGNEUR PÉRONNE, ÉVÊQUE DE BEAUVAIS**

A la Scala

CHERS PÈLERINS,

Nous venons d'entendre de nobles et fortifiantes
paroles. Le souvenir nous en sera salutaire. Non
content de nous avoir honoré de sa présence,
Monseigneur de Beauvais a bien voulu éclairer
notre foi et enflammer notre charité. Il nous
laissera un gage précieux de sa générosité. C'est
de lui que nous tiendrons l'insigne relique dont
nous faisons ce soir la translation solennelle.
Comme il a dû jouir avec moi de votre attitude,
de vos chants, de votre enthousiasme, à la fin de
cette marche triomphale, qui n'a pas duré moins
de deux heures et qui rappelait parfaitement,
paraît-il, l'imposante cérémonie que vos pères
accomplissaient dans les mêmes conditions, il y
a deux siècles !

Au contact de la partie du crâne de sainte Anne
que vous voyez exposée sur ce brancard, nos
fronts se raffermiront encore. Loin de rougir de
notre ténacité proverbiale, nous solliciterons la
grâce de garder fidèlement, jusqu'à la mort, nos
antiques croyances, nos honorables traditions,
nos saintes pratiques. Ne vous lassez pas de
redire en chœur le cantique nouveau qui vous
rappellera ce beau jour de fête. Elles sont toujours
émouvantes les fêtes qui se célèbrent ici. Cette
année, elles empruntent à un concours de circonstances extraordinaires un éclat et une importance
qui vous font grand honneur et dont nous éprou-
verons les heureux effets.

Tous ensemble, mes Frères, payons un juste
tribut de reconnaissance au vénérable Prélat venu
de si loin pour nous offrir un si riche trésor. Que
sainte Anne le conserve longtemps aux besoins
et à l'amour de son peuple ! Puisse le troupeau,
redevenu plus chrétien, faire la consolation de
son digne pasteur, qui lui prodigue les soins les
plus intelligents et les plus dévoués.

Un autre évêque est attendu ce soir. Il devan-
cera plusieurs convois de pèlerins désireux de
rendre avec vous leurs hommages à notre Patronne. Ce sera la seconde fois, depuis la prise
de possession de son siège, que Monseigneur
Lamarche répondra à mon appel fraternel. Il lui
est permis d'être fier de ses diocésains. Que
sainte Anne leur obtienne la grâce de l'avoir

longtemps pour guide et pour père ! Ce qui se
passe en cette solennité nous rappelle la manifestation grandiose à laquelle donnait lieu naguère
le couronnement de Notre-Dame du Folgouët.
Journée inoubliable, dont la Basse-Bretagne a
raison de se glorifier.

Allons, mes Frères ! oublions pour un moment
les graves préoccupations qui nous obsèdent.
Sans doute que l'horizon politique et social est
surchargé de nuages pleins de tempêtes et qui
menacent de s'ouvrir pour laisser passer la foudre
vengeresse de la justice divine. Regardez avec
confiance le paratonnerre qui se dresse devant nos
yeux attendris. C'est l'image bénie et radieuse
d'une Mère puissante et bonne. Du haut du trône
de granit que lui ont élevé notre amour et notre
reconnaissance, elle semble nous tendre les bras
et nous crier : Courage, mes enfants ! J'applaudis
à l'édifiante rivalité de votre dévotion. Les accents
de votre piété filiale ont touché mon cœur. Je ne
vous laisserai point au besoin. De concert avec
ma sainte fille, qui est, elle aussi, votre mère,
je plaiderai toujours votre cause au pied du trône
de Dieu. Nous la gagnerons sûrement, si vous
nous restez fidèles, à l'exemple de vos pères, qui
vous ont mis au cœur les sentiments admirables
que vous transmettrez à vos enfants, pour que,
à leur tour, ils se montrent dignes de notre maternelle protection.

Lettre de Monseigneur l'Évêque de Vannes à Léon XIII

(VANNES, LE 28 JUILLET 1890)

TRÈS SAINT PÈRE,

Durant trois jours, — je pourrais ajouter autant de nuits, — des centaines de prêtres, plus de quarante mille fidèles sont venus rendre leurs hommages à la Patronne de notre catholique Bretagne. Cette nouvelle manifestation de la foi et de la piété de nos chers pèlerins a dépassé mes espérances et m'a pénétré d'une joie inénarrable.

Nos Seigneurs les évêques de Beauvais et de Quimper rehaussaient de leur présence cette solennité. C'est en leur nom, comme au mien, que je mets aux pieds de Votre Sainteté l'hommage de notre profonde vénération et de notre filial attachement.

Permettez-moi, Très Saint Père, de solliciter la faveur de la bénédiction apostolique pour tous les chrétiens qui ont prié avec nous sainte Anne de prolonger vos jours et de vous faire jouir du triomphe de l'Église.

Le 17 août, à l'occasion de la fête de saint Joachim, nous adresserons au Ciel, par l'entre-

mise de sainte Anne, les mêmes vœux, avec non
moins de ferveur et d'espérance.

Daigne Votre Sainteté....

† JEAN-MARIE, *Év. de Vannes.*

Qu'il nous soit permis d'emprunter à la *Semaine
religieuse de Vannes* les lignes suivantes par
lesquelles son habile Rédacteur en chef termine
l'intéressant compte-rendu des fêtes splendides
célébrées à Sainte-Anne les 25, 26 et 27 juillet
1890 :

Peu après, les évêques, le clergé et quelques
laïques de distinction étaient réunis au Petit-
Séminaire. Mgr l'évêque de Vannes et Mgr l'évêque
de Beauvais échangèrent d'aimables et délicates
paroles, où l'esprit et le cœur s'entendaient
à merveille pour charmer ceux qui les écoutaient.
Nous n'avons pas la prétention de résumer ces
vives causeries, qui résumaient elles-mêmes les
impressions de ces trois belles journées. Disons
seulement que Mgr Bécel adressa des félicitations
et des remerciements, chaleureusement applaudis,
aux vénérés Prélats, à qui il demanda d'accepter
le titre de chanoines d'honneur de la cathédrale
de Vannes ; à M. de la Villemarqué, membre de
l'Institut, un vrai savant, qui est en même temps
un vrai chrétien ; au R. P. Matignon, dont le talent
et le zèle sont si connus ; à la presse catholique,
si bien représentée, en ce jour de fête, par

M. Aigueperse, rédacteur en chef du journal *le
Monde* ; aux prêtres, de différents diocèses, qui
ont pris part à nos solennités, et particulièrement
à l'excellent curé de Chiry-Ourscamp (1), que
Sa Grandeur voulut nous attacher par des liens
plus intimes en le nommant Chapelain honoraire
de la basilique de Sainte-Anne.

Dans sa spirituelle réponse, Mgr Péronne mit
à exécution le projet qu'il avait conçu, dès le
matin, et regrettant d'avoir été prévenu, il nomma
NN. SS. de Vannes et de Quimper chanoines
d'honneur de la cathédrale de Beauvais.

---

(1) C'est dans cette paroisse du diocèse de Beauvais qu'est vénérée
depuis des siècles l'insigne Relique d'où a été détachée celle qui a
été si gracieusement offerte par Monseigneur Péronne à la Basilique
de Sainte-Anne.

APPENDICE

———•———

NOUVEAU CANTIQUE

EN L'HONNEUR

DE SAINTE ANNE

(Pèlerinage du 17 juin 1885)

————————

Mère de la patrie,
Reine de nos cantons,
Gardez avec Marie
La foi de vos Bretons.
Satan, si redoutable,
Voudrait nous la ravir ;
Mais notre âme indomptable
Répond : « Plutôt mourir ! »

17

✝

Dans votre Basilique,
Prêtres, soldats, marins,
Présentent. leur supplique
En humbles pèlerins.
Tout le monde s'y presse :
Magistrats, artisans,
Châtelaine, pauvresse,
Bourgeois et paysans.

✝

Ils abordent sans crainte
L'Aïeule du Sauveur,
Et tout dans cette enceinte
Respire la ferveur.
Aimable Protectrice,
Merci de vos bienfaits !
Soyez toujours propice
A nos pieux souhaits.

✝

Un marbre nous rappelle,
En ce lieu vénéré
Le chapelain modèle (1)
Que nous avons pleuré.
Vous savez, bonne Mère,
Ce qu'il a fait pour vous :
De chaumière en chaumière
Il a quêté chez nous.

(1) M. l'abbé M. Guillouzo, chanoine honoraire de la cathédrale
de Vannes.

✝

Attentive aux alarmes
De vos pauvres enfants,
Venez sécher nos larmes,
Rendez-nous triomphants.
Quand le monde méprise
Le droit, la vérité,
Obtenez que l'Église
Sauve la liberté.

✝

Inspirez à la France
De trop justes remords,
Et puisse la souffrance
Réparer tous ses torts !
Souvent elle s'abuse
En face du danger.
Hélas ! ce qui l'amuse
Devrait tant l'affliger !

✝

Des funestes idoles
Qui menacent l'autel,
Préservez les écoles
Et le toit paternel.
L'Ange de la famille
Se voilerait les yeux,
Si la mère et la fille
Ne croyaient plus aux cieux.

✝

Les Bretons, d'âge en âge,
Comptant sur votre appui,
S'armeront de courage,
Comme nous aujourd'hui.
Au pied de votre trône,
Ils diront, à genoux :
« O puissante Patronne,
« Intercédez pour nous ! »

CANTIQUE A LA CROIX

SOUVENIR DU 14 SEPTEMBRE 1886

REFRAIN

A la Mère de Marie
Nous apportons cette Croix,
Et chacun de nous s'écrie :
« J'aime, j'espère et je crois ! »

†

Plantons-la, comme le chêne,
Sur la terre de granit,
Où notre foi nous enchaîne,
Où sainte Anne nous bénit. — A la...

†

Salut, Croix, notre espérance,
Dont le monde ne veut plus !
Pour l'Église et pour la France,
En avant ! Vive Jésus !

†

Au milieu de nos bruyères,
Cet étendard glorieux
Protègera nos chaumières
Et nous montrera les cieux.

✝

Jurons tous de le défendre !
Si l'on profanait ce lieu,
Nous serions prêts à répandre
Notre sang pour notre Dieu.

✝

Rivalisons de courage !
En Bretagne, on naît soldat...
Grands et petits, d'âge en âge,
Combattront le bon combat...

✝

Trop loin de la Terre sainte,
Nous viendrons avec ferveur
Méditer dans cette enceinte
La mort de notre Sauveur.

✝

Pécheurs dès notre naissance,
Il faut nous en souvenir
Et faire enfin pénitence,
Pour assurer l'avenir.

SOUVENIR

DE LA

TRANSLATION D'UNE RELIQUE

DE SAINTE ANNE

25 JUILLET 1890

AIR : « *Vive Jésus, vive sa Croix !* »

Vive sainte Anne en notre cœur !
Dans son insigne Basilique
Portons à la place d'honneur
Cette précieuse relique.

REFRAIN :

Chers pèlerins, chantons en chœur :
Vive sainte Anne en notre cœur ! } *bis.*

✝

Vive sainte Anne en notre cœur !
Voici, chrétiens, une journée,
Où, pleins de zèle et de ferveur,
Nous sentons qu'elle est bien aimée.

†

Vive sainte Anne en notre cœur!
A cette marche triomphale,
Souvenons-nous de la faveur
Qui nous vint d'une main royale. (1)

†

Vive sainte Anne en notre cœur!
O Providence secourable!
Aujourd'hui notre bienfaiteur
Est un évêque vénérable.

†

Vive sainte Anne en notre cœur!
Vit-on jamais plus belle fête?
Remercions le bon Pasteur
Du pays de Jeanne Hachette.

†

Vive sainte Anne en notre cœur!
Cette puissante Protectrice,
Qui connaît bien notre douleur,
Sera notre Consolatrice.

†

Vive sainte Anne en notre cœur!
Elle adoucit toute souffrance.
Marin, soldat et laboureur
A ses pieds trouvent l'espérance.

---

(1) Envoi d'une relique de sainte Anne par Louis XIII aux Carmes,
gardiens du pèlerinage.

†

Vive sainte Anne en notre cœur !
Elle prend sous son patronage
Petits et grands. Avec bonheur
Faisons tous ce pèlerinage.

†

Vive sainte Anne en notre cœur !
Partout elle nous accompagne ;
De l'impiété, de l'erreur
Elle préserve la Bretagne.

†

Vive sainte Anne en notre cœur !
Qu'elle sauve notre patrie !
Pauvre France, dans ton malheur,
Invoque sainte Anne et Marie !

†

Vive sainte Anne en notre cœur !
Elle défend la sainte Église
Contre l'ingrat persécuteur
Qui l'attaque et qui la méprise.

†

Vive sainte Anne en notre cœur !
Au dernier jour de notre vie,
Chacun de nous sera vainqueur,
Pour l'avoir toujours bien servie.

A L'OCCASION D'UNE GUÉRISON SUBITE

L'impie a beau nier tous nos divins oracles ;
Nous voyons éclater de consolants miracles.
Ainsi, comme autrefois, le Seigneur tout-puissant
Confond les orgueilleux, qui vont, le maudissant,
Où leur esprit, leur cœur, poursuivant des chimères,
Les mènent de concert. Que de peines amères
Leur vaudra, dès ce monde, un tel aveuglement !

Mais bien heureux celui qui dit très humblement :
« Mon Dieu, vous connaissez ma profonde misère....
Je ne puis rien sans vous... Je crois, j'aime, j'espère,
Et je suis désireux de suivre votre loi.
Tout ce que vous voulez, je le veux aussi moi :
La santé me sourit; mais, si la maladie
Peut me conduire au ciel, Jésus, toute ma vie
Je consens à souffrir... Comme vous, mon Sauveur,
Que ne puis-je obéir, prier avec ferveur !... »

C'était le cri d'amour d'une pieuse fille
Qui, depuis de longs mois, au sein de sa famille,
Supportait, sans se plaindre, un mal très douloureux,
La menaçant d'un sort beaucoup plus rigoureux.

Autour d'elle, les siens imitaient son courage.
Les soins ne manquaient pas... Mais il parut plus sage
De s'adresser à Dieu, de supplier les Saints...
On fit une neuvaine... Ils ne furent pas vains
Ces généreux accents. Au fond d'une chapelle,
Un soir, la patiente attendait, et, près d'elle,
Des enfants recevaient, de leur premier Pasteur,
Le divin Paraclet, l'Esprit consolateur...

L'évêque l'aperçoit, s'approche et, comme gage
De sa compassion, lui présente l'image
De sainte Anne d'Auray... « L'Aïeule de Jésus,
Lui dit-il, bien souvent a guéri des perclus...
Espérez, chère enfant... Prenez cette médaille...
Vous l'appendrez un jour à la sainte muraille
D'un temple bien connu, si Dieu, dans sa bonté,
Daigne vous délivrer de votre infirmité !...
Oui, vous viendrez aux pieds de notre Protectrice,
En qui vous saluerez votre Libératrice... »

Quelques moments après, l'infirme était debout.
Je la vis marcher seule... O merveille ! et, partout,
Dans la petite ville, on criait au miracle.
La jeune fille alla devant le tabernacle.
Profondément émue, au milieu de nous tous,
Elle priait tout bas... L'entourage, à genoux,
Partageait son bonheur, les yeux remplis de larmes,
Dans un recueillement dont je goûtai les charmes...

Qui pourrait contester que cette guérison
Est faite pour dompter la superbe raison ?

Allez interroger Marie (1) en sa demeure !
Ah ! je l'entends d'ici : « Que je vive ou je meure,
Dira-t-elle, jamais je n'oublierai Celui
Qui voulut me guérir. Crions donc : *Gloire à Lui !...* »

TABLE DES MATIÈRES

HOMMAGE A SAINTE ANNE

LETTRES

TABLE DES MATIÈRES

DISCOURS ET ALLOCUTIONS

APPENDICE

www.ingramcontent.com/pod-product-compliance
Lightning Source LLC
Chambersburg PA
CBHW071820020726
47502CB00004B/1178